DE LA MÊME AUTRICE

*Ciao Bella*, cherche midi éditeur, 2019 ; Pocket, 2020
*Mamma Maria*, cherche midi éditeur, 2020 ; Pocket, 2021
*Luna*, éditions Robert Laffont, 2021 ; Le Livre de poche, 2022

# Sarà perché ti amo

SERENA GIULIANO

# Sarà Perché ti Amo

*Roman*

Robert Laffont

ISBN : 978-2-221-25540-7
Dépôt légal : mars 2022
Éditions Robert Laffont – 92, avenue de France, 75013 Paris

*À mes lectrices.*

*Alcuni ti dicono « sei bellissima ».*
*Altri ti guardano e, lo diventi.*
« Certains te disent "tu es magnifique" ;
d'autres te regardent, et tu le deviens. »

@lilwasthere

# 1
# ALBA

De l'amour, je n'ai jamais rien attendu.

C'est très certainement pour cela qu'il m'a apporté autant de bonheur.

Il a voulu m'épater, faire son intéressant.

« Regarde, regarde donc ce que je suis capable de te donner ! Regarde comme tu te sens plus belle, plus forte, plus vivante grâce à moi. REGARDE, JE TE DIS ! »

Et j'ai vu.

J'ai vu, senti, vibré.

Je suis l'exception qui confirme la règle dans ma famille. Je suis mariée depuis sept ans.

Personne n'a tenu plus de deux.

Mes parents se sont séparés juste après ma naissance. Moins d'un an après s'être juré devant Dieu de s'aimer pour l'éternité, ils ont su qu'ils ne tiendraient pas promesse.

Les couples qui se quittent, c'est ma normalité. Je commençais à m'inquiéter que cela ne m'arrive jamais.

Alors, depuis que je me fais à l'idée que ça va finir par me tomber dessus, à moi aussi, c'est presque rassurant.

*Buon sangue non mente*, dit un proverbe italien. « Bon sang ne saurait mentir. »

J'ignore quand ça a commencé exactement. Il y a six mois ? Huit, peut-être ? Lors du premier confinement ?

Mais un jour, à table, les bruits de bouche de mon mari m'ont dérangée plus qu'à l'accoutumée.

Il fait attention, pourtant ; depuis le début de notre histoire, il sait que je suis misophone, que je pourrais l'étrangler pour une soupe avalée un peu trop bruyamment. Que je deviens une furie face à une Cracotte qui craquotte trop fort. Combien de fois me suis-je visualisée en train de planter ma fourchette dans la jugulaire d'un inconnu au restaurant parce qu'il mâchait ou sirotait trop énergiquement ?

Ce n'est pas que je sois particulièrement chiante ou psychorigide. Je souffre seulement d'une pathologie reconnue. Ça me fait mal, ça appuie quelque part dans mon cerveau, et il se met immédiatement en rage. D'ailleurs, mes propres bruits de bouche me dérangent aussi. C'est l'enfer au quotidien.

Bref, ce jour-là, je ne sais pas s'il a fait moins attention, ou si je cherchais la petite bête – sûrement un peu des deux. Mais, depuis, la liste des choses qui m'agacent chez Valentin s'allonge dangereusement chaque jour. Et je me dis qu'elle finira inévitablement par devenir plus longue que celle des raisons pour lesquelles je l'aime à la folie. Ce n'est plus qu'une question de semaines, de mois tout au plus.

« C'est la dernière valise, tiens, je vais payer le taxi », me dit-il en me tendant le gros sac de sport dans lequel nous avons fourré toutes les affaires de notre fille.

Nous voyageons pour la première fois avec Emma, qui a tout juste trois mois. C'est incroyable le nombre de choses dont elle a besoin pour le moindre déplacement. On dirait la reine Élisabeth !

Je profiterai de sa sieste pour tout ranger. Ça fait partie de mes rituels lorsque nous débarquons ici : tout mettre à sa place pour que les vacances puissent commencer, enfin.

J'attends notre séjour à Procida toute l'année. Il n'y a qu'ici que j'arrive à totalement déconnecter. Il n'y a qu'ici que j'ai envie d'être pendant les onze autres longs mois et demi au cours desquels je supporte la grisaille parisienne.

Nous sommes le 1er juillet et, comme chaque 1er juillet depuis trente-huit ans, je m'installe quinze jours dans mon paradis.

## 2
## GABRIELLE

De l'amour, j'ai toujours trop attendu.

C'est sûrement pour cela que j'ai souvent été déçue.

Mais cette fois, c'est différent.

Je le sens. Cette fois est la bonne, et c'est le bon. Il le faut.

J'ai le visage collé au hublot du *traghetto* qui nous emmène de Naples, où nous avons atterri il y a à peine une heure, jusqu'à la petite île située en face.

Les mouettes semblent danser pour nous un ballet de bienvenue au-dessus des bateaux qui se croisent au large et qui paressent au soleil.

« Nino, c'est magnifique ! »

Je m'exclame sans pouvoir détourner le regard de ce spectacle.

« Tu as vu ça, ma chérie ? »

Je sens qu'il sourit en me caressant les cheveux, et qu'il est fier, comme s'il était l'artisan de ce chef-d'œuvre, ou le propriétaire du paysage qui se dévoile sous nos yeux.

« Je t'avais dit que ça allait te plaire, je te connais bien ! »

C'est ma première fois en Italie, et ce premier aperçu me transporte.

Ça tangue légèrement à bord, ce qui n'est pas désagréable, j'ai l'impression d'être bercée. J'espère juste ne pas avoir la nausée.

Nino m'a tant de fois décrit son pays, et chaque fois qu'il en parle, ses yeux brillent plus fort. Ses origines se réveillent comme un volcan endormi ; il vibre, il devient plus beau encore.

Je finis par détourner mes yeux de la mer et les plonge dans les siens. Je passe d'une nuance de bleu à une autre.

« Merci de m'avoir emmenée ici, mon amour, quel beau cadeau tu me fais… »

La traversée doit durer quarante minutes. J'ai hâte de découvrir Procida, et je voudrais aussi rester sur ce bateau pour toujours.

Le temps semble suspendu, tout le monde est sur pause. C'est doux.

J'ai eu beaucoup de travail à la boutique, ces derniers mois, et j'étais très stressée à l'idée de devoir poser mes congés en période de soldes. Mais je suis la responsable, maintenant, et Nino dit que je dois arrêter de me laisser marcher sur les pieds. Alors, pour une fois, j'ai pensé à moi.

Et j'ai bien fait de l'écouter, la pression retombe. Assise sur ce siège assez peu confortable, je ferme les yeux et tente de me détendre enfin.

La voix de Nino me sort du sommeil dans lequel je commençais à plonger. Il échange en italien avec son voisin, qui semble contrarié.

Depuis que l'on doit porter le masque, je prête plus d'attention aux regards. C'est fou le nombre d'informations que l'on parvient à transmettre uniquement avec le haut du visage ! Il y a les yeux, bien sûr. Mais pas que. En observant les passagers, je devine à l'angle que forme un sourcil levé ou à un front plus ou moins plissé qui est pressé d'arriver, qui part bosser, qui comme nous entame ses vacances, qui est inquiet, stressé ou heureux. Au magasin, quand une cliente passe la porte, je sais dans la seconde si c'est pour un retour, pour claquer du fric ou juste pour flâner.

Sur le haut de mon visage à moi, on doit pouvoir lire que je suis à cet instant précis amoureuse, et comblée.

Je me concentre tout de même pour laisser mon front parfaitement lisse et mes sourcils sur leur ligne. Afin que personne ne puisse, tout au fond, remarquer ce quelque chose qui ressemble à la peur.

# 3

# ALBA

Je range mes maillots de bain dans le tiroir de la commode de la chambre. Je ne les ai pas réessayés avant de les mettre dans ma valise. Si ça se trouve, je ne rentre dans aucun d'eux !

Un deuxième confinement et une grossesse me sont passés dessus depuis l'année dernière, et voilà des mois que je ne suis pas montée sur la balance.

C'est un modèle dernier cri, connecté et relié à une appli. Du genre à tout analyser, même ton âme. D'une voix suave, dès que j'approche un orteil, elle dit : « BONJOUR, ALBA ! » Et là, avec autant de kilos gagnés, j'ai trop peur qu'elle me hurle : « QUI ÊTES-VOUS ? QU'AVEZ-VOUS FAIT DE MA PROPRIÉTAIRE ? »

J'entends Emma se réveiller, et Valentin aussitôt accourir. C'est un papa comblé, mon mari. Il décrocherait la lune pour sa fille.

« Je crois qu'elle a faim », dit-il en me tendant mon bébé tout chaud.

Je m'installe sur le lit, et Valentin cale des coussins dans mon dos. Emma s'impatiente et frétille en cherchant mon sein.

J'adore allaiter ma fille. J'ai pourtant souffert au début. On parle souvent de la magie de l'allaitement, mais moins des crevasses et des engorgements. J'ai cru crever de douleur les premières semaines, et j'ai plusieurs fois voulu abandonner.

Mais lorsque mes tétons ont baissé la garde, ça a été magique, c'est vrai. Et je resterais des heures à observer ma fille téter, à sentir sa petite main jouer sur ma peau, à me perdre dans ses grands yeux noirs.

Une brise légère entre par la fenêtre et fait danser mes cheveux. Je ferme les yeux pour savourer le moment.

« Comme vous êtes belles ! »

Je souris à Valentin.

Ça paraît être un « merci », mais c'est plutôt un : « Ouais, c'est ça... »

Il a parlé en nous regardant tendrement, la tête un peu penchée. Il le répète sans arrêt.

Mais, depuis que j'ai accouché, je ne me sens plus jamais belle, plus jamais belle toute seule.

Je ne suis belle qu'à deux.

C'est la mère qui est belle, et non plus la femme.

Sans doute Valentin pense-t-il me faire plaisir, mais ces mots doux m'écorchent chaque fois un petit peu.

Et puis, je n'y crois pas. Même avec ma fille dans les bras, là, je suis tout sauf belle.

Il faut être aveugle ou un sacré menteur pour affirmer le contraire.

Je me cache sous des tenues difformes, j'ai plus de cernes qu'un panda insomniaque, le voyage m'a laissé deux belles auréoles sous les aisselles, et si jamais j'éternue, c'est le pompon : je me pisse dessus.

Alors, soit les critères de beauté de Valentin ont bien changé, soit il me raconte des bobards.

# 4
# GABRIELLE

J'ai mis trop de choses dans la valise. Je le sais.

Je l'ai vu à la tête de Nino lorsqu'il m'a proposé de la porter.

Puis je l'ai vu à nouveau dans l'expression de l'hôtesse qui a enregistré nos bagages à l'aéroport, à qui j'ai dû, en retour, faire un regard suppliant pour qu'elle ferme les yeux sur l'excédent affiché sur la balance. Dieu merci, elle a été conciliante. Je n'ai pas un budget à rallonge pour ces vacances, et ça l'aurait déjà bien entamé.

J'avoue ne pas avoir eu la présence d'esprit de peser mes bagages avant de quitter l'appartement : je n'avais pris l'avion qu'une seule fois auparavant, quand j'avais dix ans… L'âge où l'on n'a pas à se soucier de ce genre de chose.

Je pense au gilet « au cas où » que j'aurais pu éviter d'embarquer, ou au jeans « on sait jamais ». Vu la météo annoncée, si si, on sait : je devrais pouvoir me passer aussi bien de l'un que de l'autre.

Quel boulet je fais…

C'est surtout que je voulais être parée à toute éventualité. Ce sont nos premières vacances ensemble, avec Nino, et je souhaite plus que tout être à la hauteur.

Lui, il a une élégance naturelle ; il n'a pas besoin de grand-chose pour être parfait. Il a toujours la bonne tenue, l'accessoire qui fait la différence. C'est inné chez lui. C'est la classe italienne.

Je n'ai pas envie de le décevoir ou de lui faire honte.

Et puis, la réputation des femmes ici les précède. Elles sont belles. Tout le temps, partout. Là, elles seront belles ET bronzées : je ne vais jamais pouvoir rivaliser.

Tiens, j'aurais dû ajouter un peu d'assurance au milieu de mes fringues. Ça ne pèse pas lourd, et ça me serait d'un grand secours. Le problème, c'est qu'il n'y en a pas la moindre trace dans mon placard.

Nous approchons de Procida. J'ai l'impression d'une peinture posée sur l'eau. Le bateau file tout droit vers une palette de couleurs pastel sublimées par la lumière du soleil qui fatigue déjà. Ici, la nuit tombe bien plus tôt qu'en France, on dirait. Le hublot est très sale, je force sur mes yeux pour faire un focus et ne pas en perdre une miette.

« Viens, me dit Nino en me prenant la main. On va essayer d'aller admirer le spectacle depuis le pont. »

Nous ne sommes pas les seuls à avoir cette idée. Les autres passagers ont déjà pris les meilleures places, mais mon amoureux a un don extraordinaire : il a du charisme.

C'est donc assez naturellement que les gens s'effacent sur son passage, sans protester, comme s'il était normal qu'il leur passe devant sans un mot, sans une excuse valable, comme si les premières loges lui étaient dues, à lui, Nino Conti, plus qu'à quiconque.

Je suis chaque fois bluffée, et un peu mal à l'aise. Mais aujourd'hui, j'admets être ravie de mon petit passe-droit, car me voilà entre ses bras, le dos collé à son torse, en train d'admirer une des plus belles choses qu'il m'ait été donné de voir en vingt-six ans de vie : Procida au coucher du soleil.

# 5
# ALBA

Je me suis assoupie, ma fille contre moi. Nous sommes trempées de sueur.

Valentin répète chaque année que l'on devrait faire installer la clim, et il a sûrement raison, ce serait plus confortable. Mais on perdrait tout l'esprit des vacances.

Est-ce vraiment l'été, si on ne sue pas de la moustache toute la journée ? Si on doit dormir avec un drap ?

Cependant, je dois avouer que, avec un bébé, un soupçon d'air frais aurait été bienvenu. Emma est comme son père : elle ne semble pas trop apprécier la chaleur.

Pour mon mari, c'est un peu un supplice, l'Italie. Il ne s'agit pas tant des températures (bien plus supportables qu'à Paris) que de l'humidité… Ahhh, l'humidité ! Ici, certains jours, c'est vraiment intenable. Sans parler des cheveux qui mènent à Procida une vie parallèle et qui deviennent tout bonnement indomptables. Je ne sais pas comment font les Italiennes pour continuer à s'infliger des brushings en été !

Je pose Emma dans le lit parapluie et me dirige vers la cuisine. Valentin est déjà en train de ranger quelques courses qu'il est allé faire à la supérette du coin, où nous avons nos habitudes.

« Tu as le bonjour de Gilda ! me dit-il.

— Comment va-t-elle ?

— Écoute, à quatre-vingt-treize ans, elle est toujours à la caisse, à tout compter de tête. Je crois qu'elle va plutôt bien. »

Je mets le vin blanc au frais, et je sens mon mari se coller contre moi, puis m'embrasser dans le cou.

Je me raidis aussitôt.

J'en veux à mon corps de réagir ainsi, à croire qu'il est devenu allergique à tout contact, excepté à celui de ma fille.

« À quelle heure ils arrivent ? »

Je profite de ma question pour m'écarter et esquiver son baiser.

C'est presque imperceptible, mais j'entrevois la déception inonder ses yeux.

« Ils ne devraient plus tarder, maintenant. Je monte préparer leur chambre. »

Mon mari ne tient pas en place. Il ne connaît pas le sens du mot repos. Moi, au contraire, je suis la championne olympique de la procrastination. Alors souvent ça m'arrange, mais parfois, aussi, son entrain me fait culpabiliser. J'ai l'impression de brasser du vent constamment et de n'être bonne à rien. D'autant que c'est un trait de ma personnalité qui nous vaut pas mal de disputes.

Depuis l'accouchement, j'ai l'« excuse » Emma, et j'admets la dégainer un peu trop souvent.

« Chérie, tu n'as pas vidé le lave-vaisselle ?

— Désolée, Emma a beaucoup pleuré. »

« Alba, tu abuses ! Y a tes fringues semées partout dans l'appart !

— Oh, je n'ai pas pu poser la petite une minute ! »

Il ne dit rien, il encaisse. Et il fait à ma place en levant les yeux au ciel.

Lorsque j'entends mes amies se plaindre de leurs mecs qui ne lèvent pas le petit doigt à la maison, je ne la ramène pas trop.

Dans notre couple, le mec qui fout rien, c'est moi.

# 6
# GABRIELLE

J'ai tenu à tirer moi-même ma valise en descendant du *traghetto*, quelle idée de génie, j'ai envie de pleurer. La balance de l'aéroport mentait, elle ne pèse pas vingt-sept kilos mais deux tonnes et demie au bas mot ! Les roues manquent de se suicider à chaque pavé sur le port, et le dicton s'est trompé : l'enfer n'est pavé de bonnes intentions, il est pavé de pavés.

Je vais crever.

« Gab, ça va ? »

Surtout, garder le sourire. GARDER LE SOURIRE. L'avantage du masque, c'est qu'il suffit de plisser les yeux pour créer l'illusion.

« Oui, mon amour. Comment ça pourrait ne pas aller !? » dis-je en désignant de ma main libre la beauté environnante.

Trop d'enthousiasme, Gabrielle. Ça sonnait faux.

Je pense que mon bras droit risque très prochainement de se dissocier de mon corps.

« Viens, on devrait pouvoir choper un taxi là-bas. »

Dieu soit loué, mon calvaire va bientôt prendre fin.

Une fois les valises dans le coffre, je demande à Nino de rester quelques instants admirer la fin du coucher de soleil. Il semble contrarié mais cède, et ordonne au taxi de nous attendre.

« Il y en aura chaque soir, tu sais ? souligne-t-il.

— Oui, mais celui-ci est spécial... C'est le premier. »

Je l'embrasse, et ses sourcils se défroncent instantanément. Mes baisers agissent comme un antistress sur mon Nino.

Nino, mon amoureux, je l'ai rencontré dans la galerie marchande dans laquelle je travaille. Je déjeune toujours sur le même banc lors de ma pause, j'adore regarder les gens passer pendant que j'avale ma salade. J'aime scanner leurs tenues ; c'est ce que je préfère d'ailleurs, dans mon métier : trouver ce qui met en valeur mes clients, les conseiller. Et je continue de le faire même en dehors de la boutique. J'imagine comment améliorer un look, quel accessoire ajouter, quel pantalon sublimerait telle ou telle silhouette. C'est fou comme les bons vêtements peuvent modifier une attitude ! Lorsqu'on se sent belle – ou beau – dans ses fringues, on redresse machinalement les épaules, on relève la tête. Il ne s'agit pas uniquement de bouts de tissu.

Un jour, donc, j'en étais au dessert – un fondant au chocolat pas très fondant, mais suffisamment pour me mettre dans une situation délicate – quand je l'ai repéré.

Mon cœur s'est arrêté de battre, mes mains sont devenues moites, une onde de chaleur est remontée de mon ventre jusqu'à mes joues.

Le coup de foudre.

Son style, son assurance, son allure. Tout. Alléluia !

J'ai dû le fixer avec un peu trop d'insistance, car, tandis qu'il faisait du lèche-vitrines, il s'est retourné et m'a souri. Je lui ai rendu son sourire, mais le mien était noir de chocolat. Et c'est lui qui a fondu.

Ça a été très passionnel, dès le début. On avait du mal à se quitter et, quand il a fallu se confiner la toute première fois alors qu'on ne se connaissait que depuis trois semaines, on a décidé d'emménager ensemble.

J'ai gardé mon appartement quelque temps, puis Nino m'a convaincue de résilier mon bail. Je l'ai fait, un peu à contrecœur. Certes, il était tout petit, mon nid, mais en plein cœur de Nancy. Même que, si je montais sur les toilettes et que je glissais la tête par le Velux, j'avais un aperçu sur la place Stan.

C'était mon premier vrai chez-moi. Jusqu'à présent, j'avais toujours habité avec les hommes qui étaient passés dans ma vie. Puis, tôt ou tard, ils finissaient par me quitter. Et je devais tout reconstruire. Encore.

« Gab, fais attention, bon sang ! »

En voulant l'enlacer, j'ai fait tomber ses lunettes de soleil par terre.

« Oh, désolée, mon chéri ! Elles n'ont rien ?

— J'espère pas ! Tu sais combien elles m'ont coûté ? »

Il tourne les talons et se dirige vers le taxi.

Je suis vraiment nulle. Je gâche toujours tout.

# 7
# ALBA

« Il y a quelqu'un ? »

J'entends cette voix si familière s'élever depuis le jardin, alors je sors sans réfléchir, pieds nus, en culotte et débardeur – je dois avoir l'air d'une folle.

Je lui saute immédiatement dans les bras.

« *Piano ! Piano !* Bon, j'allais te demander si on pouvait s'embrasser vu le contexte : j'ai ma réponse. Attention, tu vas me faire tomber ! s'exclame Rosa en riant. Laisse-moi te regarder, jeune fille ! »

Rosa vit un peu plus haut dans cette rue. Enfant, je passais tous mes étés dans ses jupes à faire le tour de ses *vecchietti,* ses « petits vieux », comme elle les appelle. Rosa est infirmière à domicile, et elle est comme une tante pour moi.

Lorsque je suis à Paris, c'est elle qui prend soin de ma maison, qui s'occupe des locataires de passage, qui chouchoute le jardin. Ça lui permet d'arrondir ses fins de mois, et moi ça me permet d'être tranquille. Je ne pourrais confier cette tâche à personne d'autre.

« Bon, moi aussi, je suis contente de te voir, *bella,* mais tu sais qu'il y en a une que je rêve carrément de rencontrer ! Où est la petite merveille ?

— Elle dort. Le voyage a été long. Viens, *Rosa mia,* je vais te présenter ma fille chérie. »

Nous entrons dans la chambre et, une fois devant le petit lit, Rosa ne peut s'empêcher de prendre mon bébé encore endormi dans ses bras, je la laisse faire. Je la vois essayer de cacher ses larmes d'émotion, mais ça déborde. Sa joie est plus forte que sa légendaire pudeur.

« *Sei bellissima,* chuchote-t-elle à Emma. Le portrait craché de ta maman. »

Je me tourne alors pour vérifier mon reflet dans le miroir. Je ne ressemble à rien. J'ai pris dix ans en trois mois, il a dû y avoir une faille spatio-temporelle ces derniers temps, et c'est écrit sur mon visage.

« La pauvre !... » dis-je.

Rosa rit à ma remarque, mais ne me contredit pas pour autant.

Valentin prépare du café, et l'odeur vient nous chatouiller les narines jusque dans la chambre. À voix basse, Rosa me demande comment ça va en France. Elle m'apprend avec fierté que Procida a été la première île « Covid *free* » en Italie. Ici, tout le monde ou presque est vacciné, et la situation s'est stabilisée. Mais elle craint le relâchement des gestes barrières et l'arrivée des touristes.

« On pensait avoir vécu le pire l'année dernière, mais je suis inquiète de ce qui nous attend après cet été, avec tous ceux qui débarquent. Enfin, je ne dis pas ça pour toi, mon Alba, tu sais bien que tu es chez toi, ici. Mais j'ai perdu certains de mes petits vieux en hiver, c'était difficile, franchement. Ils auraient pu vivre encore quelques années. Et là, ils sont morts seuls, pour la plupart, sans leur famille qui vit sur le continent. C'est terrible. J'ai accompagné comme j'ai pu, tu sais…

— Je sais. »

Je lui caresse la main, je la sens fatiguée. Elle travaille énormément, surtout depuis que son mari a fermé boutique l'année dernière. Il avait un petit magasin de souvenirs, près du port, mais sans touristes pour venir s'en créer, son commerce n'a pas survécu. Il a dû vendre.

« C'est pas la France, ici, ma belle ! Personne ne t'aide, et si tu ne te débrouilles pas par toi-même, tu crèves de faim. Et encore, je n'ai pas à me plaindre ! Je ne risque pas de chômer, ma maison est payée depuis longtemps, et on est en bonne santé. C'est tout ce qui compte. »

Emma ouvre les yeux doucement et offre son plus joli sourire à ma vieille amie, qui se remet à pleurer de plus belle.

« Tu as vu ? Elle me reconnaît ! »

Et je suis certaine que, quelque part, c'est de cela qu'il s'agit.

Les belles âmes ne se rencontrent pas, elles se retrouvent.

## 8
## GABRIELLE

Dans le taxi, je ressens une pointe d'appréhension. Je m'apprête à rencontrer pour la première fois les amis de Nino *en vrai.* Il m'en parle depuis le premier jour. On a organisé quelques apéros via Zoom qui nous ont permis de faire connaissance, mais ça reste du virtuel, tout ça.

Je n'ai pas envie de donner une mauvaise impression. Avant le départ, j'ai choisi avec soin un petit présent pour chacun, histoire de marquer des points dès mon arrivée.

Nino doit sentir mon angoisse : il prend ma main, la serre dans la sienne, et me dit de me tranquilliser.

« Ce sont les meilleurs. Tu verras, tu vas les adorer. »

Nino a rencontré Valentin au lycée. C'est une amitié de toujours qui les unit, et même le départ de l'un à Paris, il y a quelques années, n'a pas eu raison d'elle.

Il est aussi très proche d'Alba. Ils sont capables de parler des heures au téléphone, en italien. Leur pays de cœur est leur sujet de conversation favori. Ça, et la Squadra Azzurra, dont ils sont fervents supporters.

Je crains les soirs de match à venir. Moi, le foot, ce n'est pas tout à fait mon truc !

Au début, j'étais un peu jalouse de leur relation. J'ai toujours pensé que l'amitié homme-femme n'était qu'un mythe (sûrement parce que tous les amis hommes hétéros que j'ai eus ont fini tôt ou tard par vouloir me baiser). Et puis, finalement, je les sens sincères.

Aussi parce que je crois qu'Alba n'est pas vraiment le style de Nino. Ça aide à relativiser, on ne va pas se mentir.

Le taxi est minuscule, tout comme les ruelles que nous traversons. Il faut un doctorat en conduite pour manœuvrer ici ! Je retiens mon souffle chaque fois que notre chauffeur replie les rétroviseurs de manière à ne pas les perdre en chemin.

Le pilote et Nino parlent à cent à l'heure, mais je comprends que le premier demande au second si nous découvrons l'île. Mon amoureux est presque vexé : il a passé plusieurs étés ici, il adore cet endroit, et profite dès que possible de la maison d'Alba. Mais il m'a confié ne jamais y avoir emmené aucune de ses petites amies.

Je me sens privilégiée, et j'ai d'autant plus la pression que je suis la reine pour tout faire capoter systématiquement.

Je dois vraiment apprendre à me taire et à réfléchir avant de parler. D'autant que Nino s'agace rapidement, et qu'ensuite c'est soupe à la grimace pendant des heures.

Je l'aime, mon grincheux, il me rend meilleure, il fait de moi une vraie femme.

Notre différence d'âge y est pour beaucoup. Il a plus d'expérience, il sait ce qui est bon pour moi, il me tire vers le haut. À vingt-six ans, il est temps que je grandisse, après tout. Je ne suis plus une gamine, et je compte bien le lui démontrer durant notre séjour.

« C'est juste après le virage à droite. Tu verras : cette maison, c'est un petit havre de paix ! »

Je peux imaginer l'éclat de ses yeux à cet instant précis, malgré ses lunettes noires. Je l'ai rarement connu si souriant. Il sort son portable pro de sa poche et active le mode avion.

Il m'avait promis de décrocher un peu du travail, pendant les vacances, lui qui est pourtant un acharné du boulot. Il gère trois agences immobilières et, depuis un an, c'est la folie. À croire que, après avoir été enfermés des semaines chez eux, tous les Français ont décidé de déménager en même temps !

Je sais que c'est un véritable effort pour lui, de faire une vraie coupure. Et une réelle preuve d'amour.

Il y a des moments suspendus comme celui-ci, où je suis persuadée que tout ira enfin bien pour moi.

Que tous les chemins foireux que j'ai pu emprunter jusqu'à présent n'étaient là que pour me conduire à ça, à lui, à nous.

# 9
# ALBA

Nous n'aurions dû débarquer que dimanche, mais, cette année, c'est l'Euro et, avec Nino, nous voulions absolument voir la phase finale de la compétition en Italie. Nous sommes persuadés qu'après des années compliquées la Squadra reviendra en force pour ce championnat, et nous tenions à vivre ça à la maison. Alors nous avons avancé nos vacances de quelques jours.

Nous avons vu juste : arrivée première de son groupe après la phase de poule, l'Italie est en quarts et joue demain contre la Belgique. J'ai pris mon maillot, mon drapeau, tous mes grigris porte-bonheur dans ma valise, et je tachycarde déjà.

Nous avons un rituel bien précis à respecter pour chaque match – il en va de la réussite de l'équipe, rien n'est laissé au hasard ! Valentin se moque de nous. Il adore le foot, mais, évidemment, il supporte la France. Pour me faire plaisir, il assure soutenir mon équipe lorsque la sienne ne joue pas, mais je n'en crois pas un traître mot. Je suis certaine qu'il dit ça pour nous porter la scoumoune.

J'adore partager ma passion du foot avec Nino, et j'ai trouvé en lui un allié de taille.

Par ailleurs, il est l'ami que tout le monde devrait avoir : parfait camarade de soirée, drôle, cultivé… Le coup de foudre amical dès le premier jour. Valentin, lui et moi avons passé des nuits entières à refaire le monde. Il est un frère pour mon mari, et il l'est aussi devenu pour moi.

À tel point que nous lui avons demandé d'être le parrain de notre fille. Il était fou de joie et prend son rôle très à cœur. Un peu trop, parfois… Il adore lui offrir des jouets personnalisés avec sa tête imprimée dessus. C'est toujours du pire mauvais goût, et je finis par craindre pour l'avenir d'Emma… « Comme ça, elle ne m'oublie pas ! » argumente-t-il chaque fois qu'il voit ma tête défaite devant toutes les petites horreurs qu'il fait customiser.

Côté cœur, Nino est un coureur ; aucune femme n'a réussi à le garder bien longtemps. Il nous en a présenté quelques-unes, des filles de passage, mais rien de vraiment sérieux jusque-là.

Alors, lorsqu'il m'a annoncé venir à Procida avec Gabrielle, j'ai été surprise. Je pensais qu'elle n'était qu'une nouvelle conquête, il faut croire que je me suis trompée.

D'ailleurs, je suis très heureuse pour lui. À l'approche de la quarantaine, il n'arrête pas de nous répéter qu'il rêve de fonder une famille et, surtout, de devenir père. Je lui souhaite que ce soit bientôt son tour.

« Chérie, ils sont là ! »

Je laisse Emma dans les bras de Rosa, j'enfile un short, et je fonce accueillir nos amis.

Les garçons se sautent dans les bras et font leur check stupide qui dure super longtemps, le même depuis le lycée, on dirait deux ados. Gabrielle, cachée derrière son amoureux, semble un peu intimidée et n'ose pas venir vers moi. Je me décide à faire le premier pas. C'est la première fois que je la vois en vrai ; elle paraît encore plus jeune qu'en vidéo. Presque une enfant.

Alors que je m'approche pour l'embrasser et lui souhaiter la bienvenue, Nino s'interpose et déclare, jaloux :

« Ah non, tu m'embrasses moi d'abord ! »

Il me serre dans ses bras, me soulève et me fait tourner.

« Arrête, bourrique ! Pose-moi et laisse-moi dire bonjour à Gabrielle ! »

Elle a une toute petite voix. Cela ne fait pas deux minutes qu'elle est arrivée qu'elle me remercie cent fois de l'accueillir à la maison.

« C'est un plaisir, Gabrielle. Si Nino t'aime, on t'aime nous aussi ! »

Elle esquisse un sourire, les joues toutes rouges.

Je ne sais si c'est la timidité ou la chaleur.

Elle a les yeux embués.

Je ne sais si c'est de l'émotion ou de la tristesse.

# 10
# GABRIELLE

Je ne pensais pas qu'une si petite ruelle pouvait cacher une si grande maison.

Alba me fait visiter. Elle comporte deux étages, ou, plus exactement, deux appartements indépendants, décorés avec goût – un mélange de moderne et d'ancien. On sent que les meubles ont une histoire, que rien n'a été laissé au hasard.

Nous aurons l'appartement du haut, avec une vaste chambre à coucher, une kitchenette et une immense salle de bains.

Je suis hypnotisée par le carrelage de la chambre, bleu comme la mer et jaune à motifs rouges comme le soleil dans la cuisine.

« Il est d'origine, me précise Alba, qui a remarqué mon intérêt. J'ai dû faire pas mal de travaux pour tout remettre au goût du jour, mais j'ai tenu à préserver les sols, tellement typiques du sud de l'Italie.

— Tu as bien fait, c'est magnifique ! »

Je n'ai jamais séjourné dans un endroit si luxueux.

J'ai grandi dans une vieille HLM de la banlieue de Nancy.

Lorsque j'étais gamine, nous ne partions quasiment jamais en vacances. Impossible pour ma mère, veuve avec trois enfants à charge, de nous offrir quelques jours de dépaysement. Je passais tous mes étés à attendre qu'ils finissent. C'était long et chiant. Je terminais même mes cahiers d'exercices de vacances – c'est dire.

Beaucoup de mes amis partaient en colonie, d'autres dans le pays d'origine de leurs parents. L'unique fois où j'ai pris l'avion, c'était avec ma tante, pour un court séjour en Espagne. Elle m'avait demandé ce que je voulais pour mon dixième anniversaire, et j'avais répondu : « voir la mer ». J'ignorais qu'elle exaucerait mon vœu, mais, avec la complicité de maman (qui avait fait des heures supplémentaires pendant plusieurs semaines pour payer une partie du voyage), ma tante m'a un jour tendu une enveloppe avec une jolie carte postale de Barcelone, et un billet d'avion.

Mes deux frères ont longtemps été jaloux de ce privilège, mais j'étais l'aînée, celle qui réussissait le mieux à l'école, et la seule qui participait aux tâches ménagères ; alors ils ont fini par reconnaître que je l'avais mérité.

Plus tard, lorsque j'ai commencé à travailler, à seize ans, j'espérais pouvoir partir en voyage une semaine par an, mais, avec mon petit salaire, j'ai dû aider ma mère, puis payer mon permis, puis économiser pour acheter une vieille voiture… Parfois, j'arrivais à mettre assez de côté pour m'échapper quelques jours avec mon mec du moment, mais jamais dans un si bel endroit.

C'est tellement joli, ici, que j'ai peur de faire tache.

« Tu veux prendre une douche ? Te rafraîchir ? Il y a des serviettes dans le meuble de la salle de bains. Installe-toi tranquillement, et rejoins-nous dans le jardin quand tu seras prête. On pourra boire un verre avant d'aller dîner ! »

Je remercie Alba et me laisse tomber sur le lit. Alors que je la pensais partie, elle passe de nouveau la tête dans l'encadrement de la porte pour ajouter :

« Tu sais, je suis vraiment très heureuse de te rencontrer. »

Je sens les larmes me monter aux yeux. Je la crois sincère. J'ai toujours tendance à me méfier des autres femmes ; j'ai peu d'amies, et je ne serais pas contre l'idée de m'en faire une nouvelle…

Je pourrais peut-être baisser la garde, avec elle.

La douche me fait un bien fou, l'eau fraîche me réveille. J'en avais besoin, j'allais finir par m'assoupir. Je n'entends pas Nino entrer dans la salle de bains. Il me fait sursauter.

« Je te fais peur ? » demande-t-il en me rejoignant.

Pas le temps de répondre qu'il m'embrasse déjà fougueusement. Je le laisse faire. Quelle meilleure façon de commencer nos vacances, après tout ?

Une fois que nos corps se délacent, il quitte la pièce et ajoute avec un clin d'œil :

« Au fait, j'ai choisi ta tenue pour ce soir. Elle est sur le lit. »

# 11
# ALBA

C'est la troisième fois que Rosa dit : « Bon, j'y vais, j'ai le dîner à préparer ! », et qu'elle ne bouge pas d'un poil. Elle est plantée là, à regarder ma fille en la berçant face à la fenêtre du salon.

« Et votre fils, quand est-ce qu'il s'y met ? » lui demande Valentin.

Je me raidis.

« Oh, je n'ai plus d'espoir, avec lui... Mais j'espère que ça viendra un jour ! Je rêve de devenir une *nonna*. Je n'attends que ça. »

Une brise imperceptible passe par la fenêtre. J'ai un léger frisson. Enfin, on respire un peu.

« Restez avec nous, Rosa ! lui propose Valentin. On va faire un petit apéritif rapide, et on ira dîner sur le port après, pas trop tard. Tout le monde est bien fatigué ce soir.

— Tu es gentil, mais je ne vais pas laisser mon homme mourir de faim. Sans moi, Nando ne sait rien faire. Ils ne sont pas tous comme toi, mon grand ! Un autre soir je m'organiserai un peu mieux et je resterai, promis. »

Rosa lui répond comme s'il comprenait parfaitement l'italien ; Valentin se débrouille, certes, mais quand mon amie s'exprime, c'est vite ET en napolitain. Même à moi il faudrait un décodeur !

Elle finit par installer Emma dans la poussette et nous dit d'un air ironique :

« Alors comme ça Nino est casé ? Pour de vrai ? Je voulais le voir pour le croire. Les miracles existent. Il en a fait chavirer des cœurs, à Procida, le beau Nino. Les grands-mères de ses conquêtes m'en parlent encore ! »

On rit à sa blague : il est certain que tous ceux qui le connaissent s'étonnent de le savoir en couple. Pour lui, c'est clairement un exploit.

« Gabrielle semble gentille, répond Valentin. Et puis, il faut dire qu'elle est très jolie. »

Tu m'étonnes qu'elle est jolie, Ducon ! Elle a vingt-six ans et pèse cinquante kilos. C'est un bébé.

On peut encore compter son âge en mois et son poids en grammes.

Je tente de ne pas me laisser submerger par la jalousie et de ne pas rougir de colère, comme chaque fois que mon mari émet un jugement positif sur le physique d'une autre femme.

Il l'a toujours fait, et tant que j'étais bien dans mon corps, ça ne me dérangeait pas. Mais depuis que je suis obligée de loger dans cette silhouette que je ne reconnais pas, au moindre commentaire, j'ai envie de lui désinfecter les yeux à l'eau de Javel.

Je ne lui en dis rien, évidemment. Je sais que c'est puéril, et qu'il s'agit de moi et de mon mal-être, pas de lui. Je garde ça dans la gorge, en espérant que ce feu intérieur, qui va finir par me filer un ulcère, brûlera au passage quelques graisses…

Je n'ai jamais eu la taille mannequin, mais jamais non plus de problème avec mes formes. En plus, depuis quelques années – merci Beyoncé, JLo et la téléréalité ! –, les culs bombés comme le mien sont à la mode, et ça arrangeait bien mes affaires.

Cependant, pendant ma grossesse, je ne contrôlais plus rien. J'avais faim en permanence et, avec le télétravail, mon frigo à proximité immédiate me tendait grands les bras. Je vivais en pyjama, et je bouffais à n'importe quelle heure. Sans parler des apéros que l'on avançait chaque jour un peu : 20 heures est devenue 19, puis 18 – et on a fini par se piquer la ruche aux cacahuètes en plein milieu de l'après-midi. À la fin du premier confinement, on en était à s'empiffrer de saucisson au petit déj.

Mais, persuadée que j'allais accoucher de tout le poids accumulé en même temps que j'expulserais ma fille, je ne me suis pas trop inquiétée. Or, des vingt-deux kilos pris, il m'en reste au moins dix.

DIX de rab, dont je ne sais pas quoi foutre. J'ignore où les mettre, je n'ai pas de place pour eux dans ma vie, et je me déteste.

Je tire mon lait dans l'optique de boire un verre de prosecco ce soir, et de laisser Valentin prendre le relais lorsque notre fille aura faim. J'ai besoin de dormir une nuit complète et de déconnecter un peu.

Rosa passe par la cuisine avant de partir pour de bon.

« J'ai pris du basilic dans le jardin. Allez, je file !

— Tu as bien fait, *cara*. Bonne soirée !

— Toi aussi. Au fait, j'ai oublié de te dire : Giovanni arrive dans quelques jours. Cette année, il a pris ses congés en juillet. Je lui ai dit que tu étais là ! Ça fait combien de temps que tu ne l'as pas vu ? »

# 12
# GABRIELLE

Le dîner était délicieux, je n'ai jamais mangé de telles pâtes.

L'air est doux, on traîne à la table du restaurant, devant le dessert.

La petite dort, emmitouflée dans sa poussette. Elle est jolie, toute brune, avec des joues qu'on croquerait bien.

Ça semble facile, comme ça, un bébé. Mais je vois bien les cernes sous les yeux de ses parents, et je suis consciente que ce n'est qu'apparence.

La mâchoire de Nino est toujours crispée.

Il ne l'a desserrée que pour mâcher et pour répondre à Valentin qui n'a pas arrêté de lui demander si tout allait bien.

Le voyage, la fatigue et les dernières semaines, intenses, ont été d'excellentes excuses, mais je sais qu'il ment.

Je pose une main sur son genou et lui souris. D'un geste bref et sec, que personne d'autre ne perçoit, il dégage sa jambe, pour que je ne le touche pas.

J'aurais dû faire un effort, porter la robe qu'il avait choisie, mais elle était à bretelles, et je craignais d'avoir froid. Je suis frileuse : on est sur une île, et même si on est en Italie au mois de juillet, il fait frais le soir. Alors j'ai opté pour un short taille haute et un crop-top à manches longues. Je l'adore, il est tout doux et me réchauffe comme un câlin.

Mais cela ne convient pas à mon amoureux.

J'essaierai de me faire pardonner ce soir, dans la chambre.

Pour détendre l'atmosphère, je sors de mon tote-bag les cadeaux pour Valentin, Alba et Emma.

Ils ont l'air surpris, et Alba est légèrement mal à l'aise.

« Il ne fallait pas, Gabrielle ! Je n'y ai pas pensé, et je n'ai rien prévu pour toi...

— Ah mais je n'offre pas des cadeaux pour en avoir en retour ! Je voulais juste vous remercier de votre hospitalité. »

Ils déballent les paquets, qui contiennent un petit pyjama pour leur fille, un pashmina beige et kaki pour Madame – il ira parfaitement à son beau teint de Méditerranéenne –, et une cravate bleu marine pour Monsieur. Je sais que Valentin travaille toujours en costume.

Ils semblent apprécier l'attention. Alba enroule immédiatement l'écharpe autour de son cou et me félicite d'avoir pris du six mois pour Emma.

« La cantine est bonne, dit-elle en montrant sa poitrine. Ça fait longtemps que j'ai dû passer à la taille au-dessus pour ses vêtements. Merci beaucoup, Gabrielle. C'est adorable. »

Nous décidons de rentrer à pied à la maison. Sans valise, la balade est agréable, et en un peu plus de vingt minutes nous y sommes.

Sur le chemin, j'apprends que l'île ne fait que trois kilomètres carrés – minuscule ! –, et qu'en 2022 elle sera capitale de la culture italienne.

Alba s'anime lorsqu'elle parle de son petit caillou posé sur la mer, presque autant que lorsqu'elle parle de sa fille. C'est comme si on appuyait sur le bouton « marche », et que tout à coup elle prenait vie.

Son enthousiasme déride un peu Nino, et ils commencent à s'emballer sur tout ce qui fait que l'Italie, est, selon eux, le plus beau pays du monde.

Ce soir, je n'ai pas réussi à apaiser mon amoureux, et une autre femme s'en est chargée.

Et ça fait un peu mal, là, au creux du ventre.

# 13
# ALBA

5 heures du matin : je n'arrive pas à retrouver le sommeil.

J'ai entendu Valentin nourrir Emma il y a une heure, et, depuis, tout le monde s'est rendormi. Sauf moi.

Je fais un tour sur les réseaux sociaux.

Je commence par Twitter, le réseau des insomniaques.

Je clique sur mon hashtag préféré #teamazzurri pour lire les dernières nouvelles sur la Nazionale, qui joue ce soir. On est une dizaine à tweeter compulsivement. Alors on a fini par s'échanger nos numéros, créer un groupe WhatsApp sur lequel on se refile nos astuces porte-bonheur, et où on commente en live les matchs – une vraie famille virtuelle.

Ensuite, j'enchaîne avec Snapchat. Mon péché mignon.

Je suis abonnée à bon nombre de stars de la téléréalité. Je suis tombée dedans pendant le premier confinement et, depuis, c'est littéralement devenu une drogue. Je ne regarde pas spécialement les émissions, mais je suis les stories des protagonistes chaque jour. La plupart vivent à Dubai, ils passent leurs journées à faire des placements de produits (qu'il m'arrive d'acheter parfois) (OK, souvent…) (non mais je vais arrêter !) et de la chirurgie esthétique.

Je ne saurais pas expliquer ma fascination pour ces gens – enfin, je me rends bien compte qu'ils ne proposent aucun contenu intéressant, que c'est une perte de temps (et d'argent) (non mais je vais vraiment arrêter !!!), mais je ne me lasse pas de les regarder. Je suis pendue à leurs trop grosses lèvres, captivée par leur façon de brasser du vent et de s'embrouiller entre eux pour un rien.

Je ne sais pas quoi dire pour ma défense : juste, j'adore.

Aujourd'hui, il y a encore eu un clash entre deux vedettes – c'est ce que je préfère, ça règle ses comptes devant un écran et des caméras sans aucune pudeur ni gêne. Deux semaines plus tard, en général, ils redeviennent meilleurs amis et se lancent des « je t'aime » comme on lancerait du pain à des pigeons.

Là, en l'occurrence, c'est moi le pigeon.

Je chope un code promo pour un thé drainant au passage – soixante-dix pour cent, c'est carrément une affaire ! Bientôt, ils nous paieront pour acheter. Il faudrait que je m'en fasse infuser une grande bouteille, et que je me l'envoie en perfusion.

Est-ce qu'on peut pisser de la graisse ?

J'entends Emma remuer. Je m'approche de son lit, elle a les yeux grands ouverts.

« Bonjour, *Signorina* ! »

Elle me sourit, ses yeux sont deux billes noires. Elle croit sans doute que le jour s'est levé. Il est plus difficile de régler un bébé que l'horloge d'un four…

Je l'emmène dans la salle de bains, lui change sa couche. J'aperçois le petit pyjama offert par Gabrielle, vieux rose, à fleurs, vraiment joli. J'ai trouvé l'attention touchante.

Quelques allers-retours en chantonnant une *ninna nanna*, et ma fille replonge dans les bras de Morphée. Chanceuse.

Instagram.

Dernier tour d'horizon, et ensuite j'arrête.

Je tombe sur une jeune maman, dont la fille doit avoir le même âge que la mienne. Elle poste une photo avec son bébé sous un bras, un haltère dans l'autre, parfaitement moulée dans un ensemble brassière-legging qui souligne ses jambes galbées, et met en avant sa taille fine et ses abdos.

En légende : *C'est quoi votre excuse pour ne pas faire une petite séance dès le matin ?*

Je me retiens de commenter : *Bah, la flemme, ma sœur !*

Je n'aime pas jalouser les autres femmes, et encore moins éprouver de la rancœur, mais parfois elles cherchent, aussi.

Pour avoir expulsé un être humain de mon utérus il y a à peine quelques semaines, on devrait ouvrir un sanctuaire à mon corps, pas l'obliger à faire du sport. Merde !

Il me semble entendre un bruit dans le jardin. Qui ça peut être, à cette heure ?

Mais, au même moment, une notification dans mes messages privés attire mon attention. J'ouvre.

Giovanni : On va donc enfin se revoir, Alba…

# 14
# GABRIELLE

Le temps de prendre une douche, et je me glisse de nouveau sous les draps. Nino n'a rien entendu ; son sommeil n'est pas de plomb : il est de titane.

Le soleil à peine levé cogne déjà comme s'il était midi. Je reste allongée quelques minutes, et je décide finalement de me relever avant que la fatigue me regagne. J'ouvre grands les volets pour profiter de la vue ; c'est sublime, notre balcon semble suspendu au-dessus de l'eau.

Je prépare un café dans notre kitchenette. L'odeur se faufile partout – voilà qui devrait mettre de bonne humeur mon grincheux.

Ce matin, nous allons à la plage. Je prépare consciencieusement nos affaires, nos serviettes, des masques chirurgicaux et de plongée – on vit vraiment une drôle d'époque –, ma pochette avec nos crèmes solaires, nos lunettes de soleil, nos portefeuilles.

Nino dort toujours. J'en profite pour enfiler mon nouveau bikini : il va l'adorer, et cela fait un mois que j'attends le moment de le porter.

Après avoir fouillé tous les tiroirs, l'armoire et la valise, je dois me rendre à l'évidence : je l'ai oublié à l'appart.

Je suis dégoûtée, j'en pleurerais.

C'est complètement stupide, je le sais, mais ce petit bout de tissu m'a aidée à tenir le coup ces dernières semaines. Lorsque le soir je rentrais crevée de ma journée, je l'apercevais au milieu de ma lingerie, il sonnait comme une promesse. Le soleil, le calme et le repos seraient ma récompense. Bientôt.

Comment ai-je pu l'oublier : ça me dépasse ! Je me revois le plier et le ranger dans mon petit sac à sous-vêtements...

Heureusement, j'ai mon ancien maillot une pièce noir. C'est moins sexy, ça fait moins vacances, mais ça fera l'affaire, et je pourrai aller me baigner.

Nino ouvre un œil, grogne contre le soleil qui l'éblouit et enfouit sa tête sous le coussin. Je lui apporte son café, et je manque de faire tomber la tasse lorsqu'il me surprend en m'attirant vers lui... Je me laisse faire et le rejoins dans le lit. La plage peut bien attendre encore quelques minutes.

Pendant que Nino se prépare, je descends retrouver Alba, Valentin et la petite Emma dans le jardin. Ils ont trois grands sacs à leurs pieds.

« Vous déménagez ? je demande, amusée.

— Oh, ça ? répond Valentin en montrant les affaires au sol. Ce n'est que le strict minimum pour deux heures de plage avec cette demoiselle.

— Et encore, renchérit Alba, je l'allaite et je porte constamment mes seins sur moi ! Sinon, il faudrait ajouter de quoi la nourrir... »

Je ris, mais jaune. Ça a l'air d'être beaucoup, beaucoup d'organisation, un bébé, et ça ne me donne pas vraiment envie d'en avoir.

La petite s'agite dans sa poussette. Il semblerait que quelque chose la gêne.

« Elle a fait caca ! déclare Alba, visiblement à bout de nerfs à même pas 9 heures du matin.

— Oui, bah c'est ton tour. Moi, j'ai eu celui d'hier soir », lui rétorque Valentin.

Dans deux secondes, Alba lui saute à la gorge. Elle rentre avec sa fille. Je décide de la suivre, plus par solidarité féminine que par réel intérêt pour un changement de couche.

Elle me paraît tendue, davantage qu'hier, en tout cas. Je lui demande si elle va bien. Elle m'assure que oui, qu'elle est juste fatiguée. La nuit a été courte, comme les cent vingt précédentes.

« Ce n'est pas facile, la vie avec un bébé...

— Oui, je vois ça, dis donc.

— Mais c'est beaucoup, beaucoup de bonheur quand même, hein ! »

Je sens qu'elle a besoin que j'approuve.

« Ça a l'air. »

Je mens bien.

Nos amis prennent un taxi pendant que nous empruntons le scooter d'Alba, beaucoup moins pratique pour une famille.

« Où est le casque ? » je m'enquiers auprès de Nino.

Il rit comme si j'avais fait une blague.

« Pas besoin de casque, ici ! Allez, monte. »

*Pas besoin de casque, ici...* Les accidents ne doivent pas exister. Tout comme les traumas crâniens ou les jambes pétées. Il doit y avoir une sorte de microclimat de l'accident de la route, je ne sais pas...

Je m'exécute et monte, lui répète que je ne suis pas rassurée.

Il rit de nouveau, mais d'un rire plus inquiétant, cette fois. Il démarre en trombe, et roule si vite dans les ruelles de l'île que je ne savoure rien du paysage. Je ferme fort les yeux, et j'ai peur.

## 15
## ALBA

Trente-sept minutes : c'est le temps qu'on a tenu à la plage.

Une de mes préférées, la *spiaggia di Chiaia.*

Assez difficile d'accès pour les touristes, elle est beaucoup moins fréquentée que les autres plages de Procida. Ado, je passais mes journées ici à prendre le soleil, à lire et à manger des *gelati.*

Avec un enfant, c'est… différent.

Emma a crié non-stop dès notre arrivée. Il a été impossible de la calmer.

Les Italiens sont toujours très bienveillants avec les bébés. Au bout de quelques minutes, trois femmes sont venues à ma rescousse pour essayer de m'aider, ou me donner des conseils. C'est adorable. Ça change de Paris, et ça permet de ne pas avoir l'impression de déranger tout le monde. Cependant, j'ai préféré partir, pour que ma fille se repose au calme.

J'ai assuré à Valentin qu'il pouvait rester. Je rentre seule avec la petite à la maison, petite qui, évidemment, s'est endormie dès que l'on est montées dans le taxi retour…

Je l'installe dans son lit, au frais, à l'intérieur, et, un thé glacé à la main, je me dirige vers le jardin, histoire de prendre quand même ma dose de soleil.

Le babyphone à côté de moi, couchée dans le hamac, j'essaie de me détendre enfin.

Finalement, je suis bien, là, toute seule.

Je me sens épuisée, littéralement.

Ce bébé était tellement désiré. J'avais arrêté ma contraception il y a deux ans, en me disant que « ça viendrait quand ça viendrait ». Chaque mois, pendant un an, j'ai maudit mes règles – encore plus que d'habitude.

D'ailleurs, en y réfléchissant bien, je crois que c'est à ce moment-là qu'une petite rancœur pour Valentin a commencé à creuser un trou dans mon cœur. Je lui en voulais de ne pas être aussi « à fond » que moi. De ne pas être aussi triste chaque fois que je saignais de nouveau.

Et puis, il y a eu le Covid, un premier confinement, et la peur de cette pandémie. Nous avons mis tout ça dans un coin de nos têtes, trop stressés par l'actualité anxiogène. En juillet dernier, comme chaque année, nous avons débarqué à Procida. Ces vacances étaient inespérées, compte tenu de la situation sanitaire. Retrouver cette maison, un jardin et la mer, après des semaines passées enfermés dans notre appartement, nous a fait un bien fou. À tel point que j'ai rapporté dans ma valise un bien joli cadeau.

J'ai su très vite que j'étais enceinte. Poitrine gonflée à bloc, libido en feu… Nous étions fous de joie et, à part quelques exceptions, ma grossesse a été une vraie parenthèse enchantée.

Peut-être un peu trop.

Nous étions tellement focalisés sur mon ventre qui grossissait que nous nous sommes un peu oubliés, nous. Et depuis l'accouchement, entre le nouvel équilibre à trouver, mon mal-être et Valentin qui semble ne pas savoir que l'on peut *à la fois* être un père et un mari, notre amour s'effiloche.

Je lutte pour ne pas m'endormir.

Après le message de cette nuit, j'ai été incapable de refermer l'œil. On dirait un zombie.

Je n'ai pas répondu. J'ai formulé huit cents réponses environ, et n'en ai envoyé aucune. À quoi bon ?

Je ne veux pas le voir, ni même l'apercevoir. Encore moins avec un corps semblable à un champ de ruines et une tête de déterrée : je n'ai jamais été aussi moche depuis ma naissance.

Il fallait que ça arrive cette année, bien sûr. C'est l'histoire de ma vie, ça !

Je passe des heures à me préparer, je ne tombe sur personne. Le jour où on dirait que j'ai embrassé un bus, je croise toute la planète au rayon PQ de Monoprix !

Je refuse de le voir. Catégoriquement. Mais, sur une si petite île, c'est mission impossible.

Je retourne sur la messagerie : il a vu que j'ai lu, il va bien falloir que j'écrive quelque chose.

Je regarde ses photos… Comme je le fais de temps en temps depuis des années.

Il y a peu de selfies, mais assez pour me rendre compte qu'il a sacrément bien vieilli, ce connard. Il ressemble à Tahar Rahim. C'est indécent. Moi, je suis plutôt Leïla *Bectée.*

Je parcours rapidement mon profil Insta, où je ne poste que des photos de paysages, de livres, et quelques rares photos de moi… à mon avantage, évidemment, c'est-à-dire avec des grosses lunettes de soleil, un filtre, et prises juste en sortant de chez le coiffeur.

Giovanni ne peut pas être chauve et bedonnant comme les trois quarts des mecs de son âge ?! Non ?

De vieux souvenirs refont surface. J'ai chaud, et ça n'a rien à voir avec la température – ou alors je suis en train d'attraper un coup de soleil à l'entrejambe.

Je prends mon air le plus détaché possible, comme si ça pouvait se sentir dans mon message, et je tape :

Ah oui ? Tu seras sur l'île aussi ? On se croisera sûrement à l'occasion, alors.

Lu dans la seconde.

Mon cœur bat si fort dans ma poitrine que j'ai l'impression d'être à l'instant réanimée au défibrillateur après des mois d'arrêt cardiaque.

# 16
# GABRIELLE

J'aurais dû mettre plus de protection solaire. Et peut-être que l'indice 30 ne suffit pas. Je suis sous la douche, et j'ai envie de hurler ; j'ai l'impression qu'on m'immole par le feu.

Je sors discrètement et profite de l'absence de Nino, parti voir je ne sais qui, pour envoyer un texto à mon amie Valérie.

Coucou ma jolie, j'espère que tu vas bien.
Je suis désolée de te déranger, mais j'ai besoin de toi.
Je crois que j'ai un gros coup de soleil
sur les épaules et les seins…
Est-ce que ton *truc* marche aussi sur ce genre de brûlure ?

Valérie est caissière dans le centre commercial où je travaille. Elle a la cinquantaine, mais alors uniquement physiquement, parce que, dans sa tête, elle a seize ans.

On est déjà sorties toutes les deux : elle a une descente à faire peur et un déhanché qui pourrait aisément concurrencer Shakira.

Et puis, à côté de ça, elle coupe le feu. Elle a un pouvoir, quoi. Quand les gens se brûlent, elle peut les soulager. Il lui faut juste une photo. Elle se concentre et, tout à coup, hop, ça brûle moins ! Alors c'est pas Jésus, hein ! Elle ne te remet pas sur pied si tu t'es ébouillanté au troisième degré. Mais elle fera en sorte que tu aies moins mal.

La réponse ne se fait pas attendre :

Compte sur moi, ma petite. Dans quelques minutes
tu iras mieux, et demain, mets de l'écran total !
Profite bien de dandiner ton petit cul à la plage,
et envoie-moi quelques photos de beaux Italiens.
J'ai rien à me mettre sous la dent, ici. Ils sont tous tout gris
comme le ciel. Bisous, mon hirondelle.

En attendant que sa magie fasse effet, je m'enduis quand même de Biafine, histoire de mettre toutes les chances de mon côté.

Et je me prépare pour aller dîner. Ce soir, ce sont les quarts de finale, d'après ce que j'ai compris. Je n'ai pas du tout envie de me farcir un match, mais ça fait plaisir à Nino… Et puis l'ambiance doit être sympa, ici.

D'ailleurs, Nino n'est toujours pas là. Je déteste quand il me fait ça ! D'un coup il disparaît, il ne dit jamais où il va ni quand il revient.

Il ne supporterait pas que j'en fasse de même. Je dois presque lui signaler quand je vais aux toilettes…

Heureusement qu'il a tant d'autres qualités.

Je descends retrouver Alba. Il y a aussi la dame d'hier – Rosa, je crois. Elle me parle en me souriant, mais je ne pige rien à ce qu'elle me raconte.

« Elle va garder Emma ce soir, m'explique Alba. Je suis incapable de m'occuper d'un bébé pendant que je regarde un match de la Squadra ! Bon, qu'est-ce qu'il fout, Nino ? S'il me fait rater l'hymne, je le tue. Il sait très bien que ça nous porte malheur. »

Valentin et elle me fixent en attendant une réponse que je ne peux leur donner, car je n'ai strictement aucune idée de l'endroit où il peut être. Je suis sauvée par le portail qui s'ouvre au même moment. Mon amoureux débarque la bouche en cœur.

« Alors ? Tout le monde est prêt ? Faut pas rater l'hymne, hein ! »

Il m'embrasse, il est de bonne humeur – ou déjà légèrement ivre ? Peu importe. Il est encore plus beau en Italie.

Je lui prends la main, il m'apprend que nous marchons vers un petit restaurant situé à Marina della Corricella. Je pourrais me damner pour son accent italien.

« Tu verras, me dit Valentin, c'est un des plus jolis coins de l'île. Vraiment typique, et plus calme que le port. »

En effet, on dirait une petite bonbonnière posée sur l'eau, un décor de film. D'ailleurs, Alba me précise qu'un très connu *Il Postino* a justement été tourné ici.

Je n'ai pas une très grande culture cinématographique, j'en ai un peu honte. Je n'allais jamais au cinéma quand j'étais enfant. Ma mère ne pouvait pas se permettre de nous y emmener. Et, plus tard, ça n'a jamais vraiment été une passion. Puis il y a eu Netflix. Moins cher, et pas besoin de sortir de chez soi. Moi, je préfère.

Ici, tout le monde se connaît : le patron du restaurant vient nous saluer, embrasse chaleureusement Alba – on a levé les barrières pour les gestes, *a priori* –, tape sur l'épaule des mecs. Il nous a réservé sa meilleure table, face à l'écran géant et dos à la mer. Ce que je trouve tellement dommage, mais passons.

Les équipes sont sur le terrain, l'hymne retentit. Je reconnais que le moment est émouvant, j'ai les poils qui se dressent et envie de pleurer. Ça m'a toujours émue, les hymnes. Je n'ai jamais compris pourquoi. Et il faut avouer que *Fratelli d'Italia* est particulièrement prenant.

Nino et Alba semblent en transe : c'est un peu flippant à voir.

Moi, je me rue sur les olives et les chips. Ici, ils offrent à grignoter quand tu commandes à boire. Quel bonheur !

D'ailleurs, malgré tous les bruits environnants, c'est celui qu'émet Valentin qui a l'air de fortement agacer Alba et qui la sort de sa transe. Elle ne dit rien pourtant, tente de rester concentrée sur l'écran, mais dès que le pauvre homme fourre une poignée de chips dans la bouche son regard se détourne, ses narines s'écartent et ses sourcils se froncent. Si ses yeux étaient des mitraillettes, son mari serait une passoire. Elle me fait peur à moi aussi, je suis à deux doigts de tout recracher.

Je ne comprends pas grand-chose aux règles de ce jeu, tout le monde hurle des consignes aux joueurs comme s'ils pouvaient les entendre. Je les observe, tous ces gens tendus comme des strings vers l'écran, assis à leurs tables en train de se goinfrer, et persuadés d'être plus calés que des sportifs de haut niveau. Quel culot, quand même…

Alba fait un truc très étrange dès que les Belges ont la balle : elle mime des cornes avec les mains, jusqu'à ce que les Italiens la récupèrent.

Valentin m'explique, en se moquant un peu de sa femme, qu'elle est persuadée que ça permet de chasser le mauvais œil qui pèse sur les Italiens.

La Squadra finit par gagner 2-1.

J'ai une amie qui coupe le feu : je peux bien croire aussi au pouvoir des cornes !

# 17
# ALBA

Nous sommes rentrés tard. Ivres de cette victoire et de cocktails. Nous avons fêté cela avec tous les clients du restaurant une bonne partie de la nuit.

J'avais tiré assez de lait pour pouvoir boire un peu et ne pas avoir à penser aux tétées de ma fille. Valentin a donné le biberon de la nuit, j'aurais donc pu faire la grasse matinée, mais encore perdue dans le brouillard de mon sommeil et de l'alcool, je suis réveillée par un bruit dans le jardin. Je regarde l'heure sur mon téléphone : 5 h 30.

C'est sûrement un chat errant. Je tente de me lever, mais ma tête tourne trop fort. Je me recouche aussitôt.

Un an sans boire, mon corps n'est plus habitué.

Je me sens mal, j'ai chaud, j'aurais vraiment dû faire installer cette foutue clim.

J'attrape la bouteille d'eau près du lit et bois à grosses gorgées. Je tuerais pour un Doliprane, mais ils sont dans le sac à pharmacie, dans les toilettes. Et là, tout de suite, ça me semble être le bout du monde.

Je vais plutôt attendre que ça passe.

Giovanni.

Il occupe la quasi-totalité de mes pensées depuis vingt-quatre heures. Quelle est cette sorcellerie ?

Je retourne sur Instagram. Ma boîte privée affiche un nouveau message.

Ne pas ouvrir, ne pas ouvrir, ne pas ouvrir.

J'ouvre.

Je n'ai jamais arrêté de penser à toi…

Je lâche mon téléphone, comme s'il m'avait brûlé les mains. Il tombe sur le carrelage.

J'ai réveillé Emma, et sûrement fissuré l'écran. Là, tout de suite, je ne sais pas ce qui est le plus grave. Si, clairement : l'écran. J'ai le pouvoir de rendormir un bébé, pas celui de recoller une vitre.

Je rassemble toutes mes forces pour me lever avant que les pleurs réveillent Valentin. Je caresse le front d'Emma, lui chuchote de se calmer.

« Pitié, Maman n'est pas très en forme, là… »

J'ai une petite fille sympa, elle s'apaise rapidement et replonge dans son sommeil.

Je me rappellerai ce moment quand tu prendras ta première cuite, ma chérie. Maman te revaudra ça, promis.

L'écran n'est pas brisé ; mon cœur, lui, est en miettes. On vient de lui asséner un coup de marteau.

Cela fait dix ans que je rêve de lire ces mots.

Dix longues années.

Ma patience a été récompensée.

Bien sûr, ils arrivent trop tard. Beaucoup trop tard.

Parce que la vie, ce n'est pas une meuf ponctuelle.

Je n'ai jamais arrêté de penser à toi…

Ça me fait une belle jambe, mec, maintenant que je suis mariée et que j'ai une gosse.

Je suis ravie de le savoir alors que tu vas te pointer pour transformer mon île de rêve en cauchemar.

Alors que tu dois penser à l'Alba d'avant, avec un autre corps, une autre tête, une autre vie.

Je te hais, Giovanni.

Je ne t'ai jamais autant haï qu'en cet instant précis. Mon cœur souffre, mais il prend une revanche bien méritée…

Et mon corps, lui… Putain, mon corps… Qu'est-ce qu'il fout, ce con ?

## 18
## GABRIELLE

Quelque chose a changé, chez Alba.

Je descends lui demander si elle a un masque pour les cheveux – ils souffrent tellement sous le soleil qu'ils ont besoin d'un petit remontant –, et je la trouve étrange.

À la plage, ce matin déjà, elle était sur les nerfs. Elle est restée habillée, sous le parasol, près de la poussette. Elle a été assez désagréable avec les garçons lorsqu'ils lui ont demandé de venir se baigner.

Je lui ai proposé de surveiller la petite pourtant, mais elle a refusé.

Emma a été calme toute la matinée, mais, au premier chouinement, sa mère a annoncé qu'elle rentrait. À croire qu'elle n'attendait que ça.

Nino a demandé à Valentin ce qu'avait sa femme.

« Oh, j'en sais rien… Ça doit être les hormones, ou un truc comme ça. »

Quelle réponse pourrie. Il n'y a bien qu'un homme pour se contenter d'une telle explication.

Si nous étions vraiment incapables de gérer notre humeur au moindre changement hormonal, il y aurait une guerre civile chaque fois qu'une femme est en syndrome prémenstruel ! Ils pensent qu'on est des hystériques, alors que nous sommes des putains de dalaï-lamas.

Ce soir, Alba paraît toujours aussi nerveuse. Lorsque je lui demande un soin capillaire, elle ne semble pas m'entendre. Puis, lorsqu'elle comprend ce que je lui dis, elle se ressaisit, me sourit, et m'annonce qu'elle va me chercher son pot.

« Tu verras, il fait des miracles. Meilleur soin capillaire ! Je l'ai eu en promo à moins soixante-dix pour cent, en plus.

— Super, merci ! Euh… Pardon, mais tu as quoi sur les dents ?…

— Ah, ça ? *(Elle semble gênée.)*

— C'est pour blanchir les dents.

— Mais… c'est du scotch ?

— Ça ressemble à du scotch, mais dedans, il y a du charbon. Ça éclaircit l'émail.

— Ah, d'accord. »

Elle range de façon compulsive les affaires de sa fille. Pourtant, autour d'elle, c'est toujours autant le bazar. Je vois bien que quelque chose ne tourne pas rond, mais nous ne sommes là que depuis quatre jours, et certainement pas assez proches pour que j'ose l'interroger sur ce qui ne va pas.

Nino et Valentin débarquent dans la cuisine du rez-de-chaussée et nous annoncent qu'ils vont faire un tour en attendant qu'on finisse de se préparer, et qu'ils seront au restaurant dans une heure.

« Ça ira ? demande Valentin à sa femme.

— Oui oui, à tout à l'heure. »

Pourquoi ne voit-il pas qu'elle ment ?

Je remonte dans ma chambre, laisse poser le soin sur mes cheveux en admirant la vue depuis le balcon. J'ai une petite demi-heure devant moi, alors je m'adonne à mon passe-temps favori : regarder un documentaire sur les tueurs en série…

Je ne saurais expliquer pourquoi, mais les *serial killers*, ça me fascine. Et aussi improbable que cela puisse paraître, les documentaires sur les *serial killers*, ça m'apaise. C'est même mon remède miracle contre les insomnies.

D'ailleurs, à peine l'épisode lancé, je sens mes paupières devenir lourdes, et je me laisse envelopper par le sommeil.

J'ignore combien de temps je reste dans ce cocon confortable quand une voix m'en extrait de force, et c'est assez désagréable.

« Gabrielle ! GABRIELLE, AU SECOURS !!! »

# 19
# ALBA

Elle arrive avec les cheveux en vrac, une grosse marque d'oreiller sur la joue (il faut que je pense à lui conseiller les taies en soie, parfaites pour lutter contre les rides de sommeil), et un regard un peu paniqué. J'ai honte, mais il n'y a qu'elle à la maison.

« Alba ? Tout va bien ? me demande Gabrielle.

— Je... j'ai du mal à respirer.

— Oh, pourquoi ? Tu fais une crise d'angoisse ? Tu te sens mal ? Tu veux que j'appelle Valentin ? Une ambulance ?

— Non non non ! Il faut juste m'aider à retirer ça... Je... je crois que je suis coincée ! Ça m'oppresse tellement que je vais tomber dans les pommes. »

Elle me dévisage. Je vois qu'elle ne comprend pas ce que je raconte. Elle finit par porter son regard sur le bas de mon corps...

« ... C'est une gaine ?

— Oui. Je... »

Je n'arrive pas à parler, je suis humiliée et j'ai envie de pleurer.

« Allonge-toi, ne t'inquiète pas, je vais t'aider à retirer ça. »

C'est serré à un point tel que, malgré tous les efforts de ma sauveuse, rien ne marche ; mes hanches ne passent pas. Elle est en sueur. Elle donne tout et essaie de me délivrer, mais sans succès.

« Il faudrait peut-être mettre des petits morceaux de beurre dedans pour que ça glisse ?

— Tu me prends pour une dinde ? Et puis, du beurre ? On est en Italie, ici, pas en Bretagne ! J'ai éventuellement de l'huile d'olive. Tu crois qu'il faut m'oindre le corps ?

— Te quoi ?

— Laisse tomber le beurre et l'huile d'olive !

— Il va falloir la découper, m'annonce-t-elle en se dirigeant vers la cuisine, en quête probablement d'une paire de ciseaux.

— NONOOOON ! Je l'ai payée super cher (malgré la promo), je ne peux pas la découper ! »

Elle soupire.

« Très bien ! On va réessayer encore, alors. »

Au bout de vingt minutes d'efforts dans des positions improbables – de l'extérieur, on aurait pu croire qu'on jouait à Twister –, je finis par être libérée.

Je n'arrive pas à savoir ce qu'elle pense. Que je suis pathétique, très certainement. Je fonds en larmes.

Elle s'installe très doucement près de moi, sur le lit, pose une main sur mon dos et, avec l'autre, tente de sécher mes larmes.

« Alba, pourquoi tu t'infliges ça ? »

Je ricane. Évidemment, elle ne peut pas comprendre ! Sa taille de bébé guêpe et ses cuisses minuscules doivent lui permettre de rentrer dans à peu près tout.

« Eh bien parce que je suis grosse, ma chérie ! Ça ne se voit pas ?

— Je te trouve assez dure vis-à-vis de ce corps qui vient de mettre au monde une si jolie petite créature, me répond-elle en souriant.

— Je n'entre plus dans rien ! J'aimerais ressembler à quelque chose à nouveau, je ne veux pas qu'on me voie comme ça.

— Qui, on ? »

Je mens.

« Tout le monde ! Moi, la première ! Je ne supporte plus ce reflet.

— Je crois que tu dois apprendre à apprivoiser ce nouveau corps, Alba. Une grossesse, un accouchement, c'est un immense bouleversement... Il va falloir accepter de rencontrer cette nouvelle femme, prendre soin d'elle, l'aimer. Est-ce que je peux jeter un coup d'œil à ta garde-robe ? C'est mon métier, tu sais. Et des femmes mal dans leur peau, j'en rencontre tous les jours. Je peux peut-être t'aider à voir ces nouvelles formes autrement ? »

J'accepte à contrecœur. Mais le constat est clair : plus aucun de mes vêtements, ou presque, n'est à ma taille. Je la vois réfléchir, disparaître quelques minutes, puis revenir avec ce qui semble être une longue robe difforme rouge brique.

« Ton plan, c'est de me transformer en tente Quechua, c'est ça ?

— Laisse-moi faire. »

J'enfile la robe, elle attrape une de mes ceintures dans la commode et la noue autour de ma taille. Dans le miroir, je dois avouer que le résultat est plutôt réussi. Je n'aurais jamais osé souligner mes hanches comme ça, mais ma silhouette est ainsi structurée.

Elle se place derrière moi, me demande de m'asseoir et me relève les cheveux.

« Tu gardes cette longueur parce que tu les aimes comme ça ?

— Non. C'est juste pratique à attacher.

— Très bien, on va y aller par étapes, mais je pense vraiment qu'un carré mettrait en valeur l'ovale de ton visage. Réfléchis-y.

— … Merci. »

Elle me sourit et s'apprête à repartir.

Une fois sur la terrasse, elle se retourne et m'annonce :

« Demain, toi et moi, on va aller faire un peu de shopping ! »

# 20
# GABRIELLE

Je raconte avec beaucoup d'enthousiasme notre virée dans les magasins à Nino.

Je lui explique à quel point j'aime voir les femmes reprendre confiance petit à petit devant le miroir. Alba est revenue avec plusieurs tenues alors qu'elle s'interdisait même de les regarder en pénétrant dans la boutique.

Je lui ai expliqué les formes, les matières ; et surtout, j'ai essayé de comprendre ce qu'elle aimait, son style, ses envies.

« Valentin m'a dit qu'il en avait marre de la voir traîner en jogging, les cheveux gras, toute la journée, me dit Nino.

— Il est conscient de la fatigue d'une jeune mère ? Qui allaite, qui plus est ? Il comprend que ça peut être traumatisant, de voir son corps changer à ce point en quelques mois seulement ? Ou que la priorité de sa femme est peut-être ailleurs en ce moment ?

— Ça y est ! Tu t'es fait une nouvelle copine ? Tu la défends ?

— Je croyais que c'était ton amie, aussi.

— *C'est* mon amie ! Mais c'est pas mes histoires. Et j'espère que tu ne te laisseras pas aller comme elle quand ce sera ton tour. Alba est une femme forte, riche et intelligente ; elle peut se permettre le luxe de ne pas tout miser sur le physique – ce n'est pas le cas de tout le monde… »

Il me lance ça avec un mauvais sourire, passe à côté de moi en me claquant les fesses, et sort.

« Tu vas où ?

— Faire un tour ! À plus tard. »

Je m'effondre. Il sait toujours où appuyer pour me faire mal.

Aimer quelqu'un, c'est lui confier un pistolet chargé et prier pour qu'il n'appuie jamais sur la gâchette.

Nino tire parfois à bout portant.

Mon téléphone sonne. C'est Valérie. L'entendre me redonne immédiatement le sourire, mais elle perçoit la faille dans ma voix.

« Qu'est-ce qu'il t'a encore fait ?…

— Mais rien, voyons ! »

Je mens, car Valérie n'aime pas Nino. Elle ne l'a jamais aimé.

Elle ne l'a rencontré que quelques fois, pourtant, mais elle est très dure, et son avis est catégorique.

Nino l'a ressenti, et il n'était plus d'accord pour que je la fréquente en dehors du travail. À force d'esquiver les invitations de Valérie pour aller boire un verre après le boulot, comme on avait l'habitude de le faire, elle a fini par comprendre que je l'évitais. Mais c'est sa faute, aussi ! C'est elle qui a commencé, après tout.

« Écoute, je t'interdis d'être triste ! Tu es sur une île paradisiaque dans un des plus beaux pays du monde, tu es jeune, il fait beau et chaud, alors que moi je me casse le cul sous un ciel gris avec des gens encore plus à cran et désagréables que d'habitude. Tu vas écouter ta vieille amie, attraper ton sac, tes lunettes de soleil, et aller promener tes petites fesses dehors, prendre des photos et me les envoyer pour que je crève de jalousie. Compris ? »

Compris.

Je m'exécute.

Je monte dans le premier bus que je croise, sans même m'interroger sur sa direction. Je reste le nez collé à la vitre à admirer ce paysage incroyable, et un sentiment de liberté me submerge.

Je descends à un arrêt au hasard, me faufile dans les ruelles.

Au bout d'une demi-heure, je m'installe à la terrasse d'un bar. Sur la carte affichée à l'entrée, je lis *crema di caffé.* Je ne sais pas trop ce que c'est, mais le nom me fait envie, alors je commande.

Je découvre le café sous une autre forme. Froid, sucré, crémeux. Un délice.

Ce pays est vraiment un cadeau.

Je crois que j'aurais aimé voyager seule, apprendre à me satisfaire de mon unique compagnie, ne rendre de comptes à personne, ne pas me fixer d'horaires, d'étapes, de planning.

Juste m'écouter, et me laisser porter.

C'est trop tard pour les regrets.

Trop tard pour m'accorder une chance en tant que femme.

Trop tard pour les expériences ratées.

Je ne serai plus jamais seule. Nino finira peut-être par me quitter un jour, comme les autres, parce que moi je ne quitte pas, je ne l'ai jamais fait, je suis trop lâche.

Je préfère attendre que la flamme baisse, puis s'éteigne, plutôt que de souffler dessus une bonne fois pour toutes.

Je préfère regarder l'amour agoniser plutôt que de l'euthanasier.

Nino me laissera peut-être un jour, donc.

Mais l'enfant que je porte, lui, non.

Je serai à jamais deux. Et ça m'effraie terriblement.

## 21
## ALBA

Je le savais : elle était trop gentille pour être honnête.

Je me suis laissé piéger, avec ses conseils mode et sa virée shopping ! Je pensais vraiment que c'était une fille bien. Mais je suis tombée de haut.

Ce matin, très tôt, j'ai encore perçu un bruit dans le jardin. Alors, intriguée, je suis sortie, et j'ai aperçu Gabrielle avancer sur la pointe des pieds, et aller se cacher derrière le citronnier. Je suis restée à distance, curieuse de savoir ce qu'elle fout tous les matins tandis que tout le monde dort.

Au bout de quelques minutes : la douche froide.

Je l'ai distinctement entendue discuter avec un homme. Les bribes de conversation qui me sont parvenues n'ont laissé aucune place à l'imagination.

« Lève tes fesses, plus haut ! Voilà, parfait… C'est très beau, ça, magnifique. »

Je l'entendais aussi rire comme une bécasse. Et lorsque, essoufflée, elle s'est exclamée : « Arrête, j'en peux plus ! », je suis rentrée.

J'en avais assez entendu.

Cette garce trompe Nino. *Mon* ami Nino, sous *mon* toit. Enfin, sous mon citronnier.

Je savais que c'était la génération des sextos, mais je n'avais pas encore eu vent des Zoom de cul…

Je tourne ça en boucle dans ma tête depuis ce matin. Évidemment, il est hors de question que j'en parle à Nino. Mais j'ai très envie de déballer à Gabrielle ce que je pense d'elle.

Qu'elle fasse ce qu'elle veut de ses fesses, mais pas chez moi !

Il fallait que je tombe sur ça aujourd'hui, comme si je n'étais pas déjà assez énervée, et alors que, ce soir, c'est la demi-finale… Italie-Espagne.

Ça va être la folie. Je suis tendue à l'instar de mes seins quand Emma saute une tétée.

Il paraît qu'on peut produire de l'énergie avec notre stress. Eh bien, à moi seule, je peux actuellement alimenter tout le sud de l'Italie.

Je ne tiens pas en place sous le parasol. Cette fois-ci, nous avons choisi spiaggia del Pozzo Vecchio. Ici, le sable est noir, et l'eau turquoise.

Après une heure de plage, c'est Valentin qui se sacrifie pour rentrer à la maison avec notre fille.

Le matin, nous arrivons tôt pour qu'Emma profite de l'air marin, mais dès que la chaleur s'installe, l'un de nous la ramène à l'abri à la maison. Ce n'est qu'un tout petit bébé, et ce système nous permet de profiter malgré tout des vacances, à tour de rôle.

J'ai l'impression qu'on ne fait plus que ça, d'ailleurs. Se relayer comme des coéquipiers, ou des collègues. Nous avons l'un et l'autre tellement besoin de repos que c'est le seul fonctionnement qui nous semble viable. Mais cela signifie aussi que nous n'avons plus de moments tous les deux.

Valentin travaille dans la même boîte que moi.

Lui au service financier, moi à la direction du pôle marketing – c'est assez représentatif de nos personnalités, d'ailleurs, et, au départ, je pensais que nos deux mondes seraient totalement incompatibles.

Je l'avais très vite repéré, pourtant. Avec ses cheveux châtains très clairs, légèrement bouclés, et sa beauté que tout le monde remarque – sauf lui. Il était discret et poli, ce qui lui donnait un côté mystérieux qui m'avait intriguée.

Alors je me suis arrangée pour aller déjeuner en même temps que lui, de plus en plus souvent. Nous avons commencé à discuter, à nous rejoindre aussi pour la pause-café, à nous écrire des petits mots doux le soir… Et, après quelques semaines, il m'a enfin invitée à dîner.

Dans un petit restaurant italien, délicieux.

Il ne m'en a pas fallu davantage pour lui sauter dessus. On avait assez traîné.

Et puis, j'ai petit à petit appris à le connaître. C'est un homme engagé, généreux, cultivé, et très doux. Je crois que je n'aurais pu trouver meilleur père pour ma fille.

Nous sommes complémentaires : il est l'eau, je suis le feu. Il est l'arc-en-ciel après mes tempêtes.

Aujourd'hui, rien n'a changé. Il est toujours la personne merveilleuse dont je suis tombée amoureuse il y a huit ans. Mais je ne vois plus d'étincelle dans ses yeux lorsqu'il me regarde. (Me regarde-t-il encore, d'ailleurs ?…)

Le confinement, la grossesse, l'arrivée d'Emma ont agi comme des douches froides. Et notre passion, autrefois brûlante, s'est transformée en une bouillie tiédasse qu'on avale uniquement parce qu'on a faim et qu'il n'y a rien d'autre au frigo.

Je jette un coup d'œil à mon portable : il est déjà 11 heures.

C'est vrai que Nino et Gabrielle arrivent plus tard que nous à la plage, mais toujours aucune trace du couple à l'horizon… Madame a sûrement eu besoin de faire une grasse mat', après ses escapades nocturnes virtuelles.

Je ne comprends pas que Nino ne s'en soit pas encore aperçu. Je ne décolère pas.

J'aimerais me lever pour aller faire quelques brasses, je suis en train de cuire. Mais pour ça, il faudrait quitter mon paréo. Je m'en foutrais s'il n'y avait le risque que Giovanni soit dans le coin. Je ne cesse de guetter partout autour, j'ai sans doute l'air d'une parano.

Il doit faire plus de trente degrés, et je reste là, couverte, cachée sous mon chapeau et mes lunettes de soleil comme si j'avais quelque chose à me reprocher et que j'étais traquée par le FBI.

Bon, j'arrête d'être stupide, je me déshabille, et je cours dans l'eau. Il ne me faudra que quelques secondes pour l'atteindre, personne ne me verra.

Allez, c'est parti ! Trois, deux, un…

« Alba ? C'est toi ? »

## 22
## GABRIELLE

Nous arrivons à la plage en fin de matinée. Nous trouvons Alba en pleine conversation avec une femme près du parasol.

Nino semble la connaître, car il la salue vaguement. Mais il paraît aussi agacé par sa présence. D'ailleurs, il retire son polo et part directement se baigner.

Alba, elle, me dit à peine bonjour.

Ambiance.

Au bout de quelques minutes, qui nous laissent toutes les trois assez mal à l'aise, elle finit par me présenter son amie Jessica, qui a l'air soudainement pressée de partir…

Eh bien, la journée s'annonce sympathique !

Je m'allonge sur le transat, me couvre d'écran total, et essaie d'entamer la conversation plusieurs fois avec Alba, sans succès.

Ses réponses sont froides et sèches, comme si elle m'en voulait.

Je ne comprends plus rien. Elle paraissait ravie de notre virée shopping et d'avoir partagé un vrai bon moment ensemble.

Elle s'est aussi beaucoup confiée – sur ce qu'elle vit depuis sa grossesse, sur ce chamboulement du corps, de l'esprit. Je n'arrête pas d'y penser. Emma est un bébé désiré, et, malgré cela, sa mère traverse une période difficile.

Ma grossesse à moi n'est pas du tout planifiée. C'est un accident, comme on dit. Enfin... Un accident qui aurait pu être évité, selon moi.

Lorsque j'ai appris que j'étais enceinte, il y a trois semaines, mon monde s'est écroulé. J'ai failli me rendre chez mon gynécologue pour avorter sans même en parler à Nino. Et puis, j'ai eu un cas de conscience... J'ai eu peur qu'il le découvre, et qu'il m'en veuille de le lui avoir caché.

J'étais certaine que, malgré son désir d'enfant, il comprendrait. Qu'il se rendrait compte que notre relation est trop récente, que je suis encore trop jeune, et que je ne peux renoncer à mon nouveau poste de responsable que je convoitais depuis si longtemps... Avoir un enfant maintenant, ce serait me tirer une balle dans le pied !

Nino a été fou de joie. FOU. J'ai été pétrifiée par sa réaction. Jamais il n'avait été si heureux, jamais il ne m'avait aimée si fort. Il s'est mis à genoux et a embrassé mon ventre, mon corps tout entier. Moi, j'étais figée. Impossible d'articuler un mot, impossible même de réfléchir. J'étais comme prise au piège.

Le lendemain, au réveil, alors qu'il buvait son café, assis en face de moi, et qu'il me regardait amoureusement, je lui ai fait part de mes doutes.

L'orage a éclaté brutalement. La tasse a explosé au sol, la table a tremblé. Mais pas autant que mes jambes. Son doigt était pointé sur moi telle une arme, et la sentence s'est abattue comme un coup de poing.

« Si tu fais ça, tu ne me revois plus JAMAIS ! »

Puis il est parti.

Il est resté injoignable pendant deux jours. Je pense n'avoir jamais autant pleuré.

Valérie, la seule à qui j'en ai parlé, ne cessait de répéter que j'étais l'unique personne à pouvoir décider. Que je n'avais pas besoin de son accord, et que, si je ne voulais pas de ce bébé, c'était mon droit.

Mais cela signifiait le perdre, lui.

Lorsqu'il est enfin rentré à la maison, il semblait moins en colère. Nous avons pu discuter calmement, et j'ai accepté de m'octroyer un peu de temps pour réfléchir. Il m'a promis qu'il s'occuperait du bébé, qu'il prendrait un congé paternité… Et quelque chose, au fond de moi, a eu envie d'y croire.

Cependant, depuis que je suis ici, que je vois Alba, heureuse d'être maman, certes, mais aussi épuisée, paumée, je me rends bien compte que je ne suis pas prête.

Je pars rejoindre mon amoureux dans l'eau. Il sera sûrement de meilleure compagnie que son amie mal lunée.

Je l'enlace, il me soulève et enroule mes cuisses autour de sa taille. Il m'embrasse.

« Dis donc, c'était qui, cette Jessica ? Tu la connais ?

— Ouais, Alba a dû te le dire ? C'est une ex de vacances. Mais ne t'inquiète pas, ma belle : ça n'a pas duré. Elle ne t'arrive pas à la cheville, et en plus elle est complètement folle. »

Je resserre mon étreinte et lui rends son baiser.

Quand même, c'est étrange quand j'y pense. D'après Nino, c'est le point commun d'absolument toutes ses ex : la folie.

## 23
## ALBA

Je suis enfermée dans les toilettes depuis une demi-heure.

Je dois me préparer, le match commence bientôt, et Rosa ne devrait plus tarder pour venir garder Emma. Mais je suis là, assise tout habillée sur la cuvette des chiottes.

Giovanni m'a de nouveau écrit, et je ne contrôle plus aucune partie de mon corps. Mes doigts tremblent, mon cœur est passé en mode boîte de nuit, et mon bas-ventre est en feu. Je ne suis plus qu'un jouet dont on aurait activé toutes les fonctions.

Alba, réponds-moi ! Je sais que toi aussi
tu penses encore à moi !

Ah ça, oui. C'est le moins qu'on puisse dire. Je pense à lui.

Je pense à ses mains.

Ses mains sur mes seins, dans mes cheveux, entre mes cuisses.

Moins depuis quelques années, certes, mais quand même, ponctuellement, il réapparaît dans un rêve, et je repars pour un tour.

Jamais aucun homme ne m'a fait cet effet-là. J'ai pourtant une jolie collection d'ex.

Mais mon corps ne se défait pas de son souvenir. C'est imprimé dans ma chair comme une cicatrice.

Paraître détachée. Surtout, paraître détachée.

Giovanni, tu te trompes.

Envoyer.
Arrêter de respirer.

J'ai toujours aimé l'appeler Giovanni, alors que tout le monde l'appelle Gio. Il n'appréciait pas. « On dirait que j'ai fait une bêtise et que tu vas me gronder », me disait-il.

Nouvelle notification.

Bugiarda…

Il me traite de menteuse !
Je le déteste d'être si sûr de lui. De voir si clair dans mon jeu. De débarquer maintenant.
C'est tellement cliché, l'ex qui revient pile pendant la crise de couple.
Cliché, prévisible, dangereux, stupide.
Excitant…

Je suis mariée, j'ai une petite fille, et tu le sais.<br>Tu as eu ta chance il y a longtemps.<br>Tu l'as laissée passer.

Je m'en veux encore.

Dommage pour toi.

Laisse-moi t'expliquer.

J'éteins mon téléphone, je reprends mes esprits, me passe de l'eau sur le visage.

Respirer.

Il ne compte pas. Il ne compte plus.

Dehors, les autres m'attendent. Rosa est arrivée et a déjà ma fille dans les bras.

« Qu'est-ce que tu es belle ! » me dit-elle en m'apercevant.

Gabrielle et Nino se retournent. Gabrielle me sourit. Elle a beaucoup insisté pour que j'achète cette robe, et c'est vrai que je me sens moins laide dedans.

Nino me siffle comme un beauf pour confirmer les dires de Rosa.

« Ah ouaaais… Pas maaaal ! »

Je déteste quand il se comporte ainsi, pas avec moi, son amie, mais avec les femmes en général. Je lui ai plusieurs fois fait la morale à ce sujet. Il ne comprend pas qu'on ne doit pas complimenter une fille dans la rue – « On ne peut plus rien dire maintenant ! Tu vas pas faire ta féministe en carton ! » J'ai eu beau lui expliquer qu'il devait garder ses appréciations – que personne ne lui demande – pour Tripadvisor, il continue d'ignorer ce que je lui dis et d'agir comme bon lui semble.

Valentin, lui, me regarde. Mais il ne me voit pas.

« Ah, tu es prête ? On y va ? »

## 24
## GABRIELLE

C'est la mi-temps, 0 à 0.

On respire un peu. Ils sont tous hyper tendus.

Pendant que les garçons refont la première partie du match tout en fumant, je m'approche d'Alba, partie marcher le long du port.

Le soir, la petite île s'illumine. De loin, elle doit ressembler à un gâteau d'anniversaire dont on n'aurait pas encore soufflé les bougies. La lumière des réverbères se reflète dans l'eau et vient éclairer les bateaux endormis, une brise rafraîchissante caresse nos jambes et nos cheveux.

« Alba ? Tout va bien ? »

Ce n'est plus une impression, ma présence l'insupporte.

« Oui, super ! »

Elle ne fait même plus semblant.

« J'ai fait quelque chose ? Si c'est le cas, je suis désolée.

— Oh, ce n'est pas auprès de moi qu'il faut s'excuser !

— Auprès de qui, alors ? »

Je vois bien qu'elle essaie de se contrôler, mais elle n'y parvient pas et explose.

« Eh bien, Nino !

— Nino ? »

Je ne comprends rien. Et puis d'un coup tout s'éclaire ! Il a dû lui parler de la grossesse… Il n'a de toute évidence pas tenu parole, malgré sa promesse de ne rien dire à personne le temps que je prenne une décision.

Elle vient d'avoir un bébé, l'idée même d'avorter doit lui paraître horrible. J'ai honte, je ne sais plus où me mettre.

« Je vais t'expliquer…

— Oh, mais je ne te demande rien du tout, ça ne me regarde pas ! C'est juste que je trouve ça déplacé, d'autant plus sous mon toit. »

Pendant notre séance shopping, j'ai plusieurs fois eu envie de m'épancher auprès d'elle. D'avoir l'avis d'une autre femme, d'une mère. Je pensais qu'elle pourrait peut-être comprendre mes peurs, m'aider à y voir plus clair, me rassurer. J'ai bien fait de m'abstenir… Je n'ai rien vu venir, encore une fois. Je ne suis vraiment pas douée pour cerner les gens, Nino me le dit souvent, d'ailleurs. Heureusement qu'il est là pour m'ouvrir les yeux !

Je suis triste de son jugement, triste que Nino ait trahi sa parole, triste de ce bébé auquel je n'arrive pas à rêver.

Ça fait beaucoup pour une seule femme, et les hormones n'aidant pas, je fonds en sanglots et tente de m'expliquer.

« C'est juste que je ne me sens pas prête à devenir mère ! Je ne dis pas que je ne veux *jamais* d'enfant. Mais pas maintenant ! Je ne m'en sens pas capable ! »

Alba semble étonnée. Ses traits se radoucissent, et elle s'approche de moi.

« Mais ?… Pourquoi tu me dis ça, Gabrielle ?

— Eh bien, parce que j'imagine que Nino t'a confié que j'étais enceinte !

— Tu es enceinte ?

— Oui !

— Je… je ne le savais pas. Je… Et c'est pour ça que tu trompes Nino ?

— QUOI ? »

## 25
## ALBA

Mon réveil sonne. 5 h 30. J'ai beau être matinale, j'ai mal.

L'Italie est en finale de l'Euro après une séance de tirs au but pendant lesquels j'ai dû faire trois arrêts cardiaques.

La team Azzurri était en feu sur WhatsApp, mon téléphone vibrait tellement qu'il a failli lâcher.

Au dernier but de Jorginho, j'ai hurlé si fort que la terre a tremblé ! Ou alors c'était la table sur laquelle j'étais montée.

On a fait la fête une bonne partie de la nuit. Embrassé des inconnus, dansé dans la rue. Il y avait une ambiance de folie, des drapeaux agités à toutes les fenêtres. Nous avons chanté en boucle « Notti Magiche », la chanson de Gianna Nannini, et j'ai même pleuré de joie.

Il n'y a que ce sport pour provoquer ces émotions. Quelle soirée mémorable…

Je vérifie : tout le monde dort.

J'attrape mes affaires et me faufile dans la cuisine pour m'habiller. J'enfile mon super legging gainant assorti à sa brassière. Je les ai achetés en solde – une offre *incroyable* ! – alors que j'étais dans ma chambre d'hôpital en train de bouffer des chips, en attendant que les contractions se rapprochent après avoir perdu les eaux.

Je n'avais encore jamais essayé la tenue, et je peux dire que ce n'était pas une publicité mensongère : le legging gaine tellement que j'ai l'impression que mon estomac est dans mon dos. La brassière, elle, n'est pas conçue pour une poitrine qui allaite ; j'ai une partie des seins sous le menton, et l'autre dans les omoplates.

Je sors tant bien que mal dans le jardin en essayant de respirer avec cette tenue modèle asphyxie.

Gabrielle est déjà là, assise sur son petit tapis, derrière le citronnier.

Hier soir, quand elle m'a révélé que le matin très tôt elle ne faisait pas des Zoom de cul avec son amant mais des séances de sport en visio avec son coach, je ne l'ai tout d'abord pas crue.

Pourquoi faire ça au petit matin en cachette de tous ? Ça n'a pas de sens. Puis elle m'a expliqué que Nino ne voyait pas ces cours d'un très bon œil. J'ai pensé que c'était à cause de la grossesse, qu'il avait peur pour le bébé. Mais Gabrielle m'a avoué qu'elle se cache depuis des mois…

Son mec est tout simplement jaloux.

Et con.

Gabrielle m'a dit beaucoup de bien de Will, son coach, et a proposé de me le présenter.

Ça tombe bien : j'ai des kilos en trop et une tenue de sport toute neuve.

Au bout de quelques minutes, le prénom *Julie* s'affiche sur son téléphone.

« Oui… J'ai dû changer, car Nino fouille dans mon portable », m'explique-t-elle, gênée.

Je n'ai pas le temps de répliquer, mais je me promets de le faire plus tard.

Un jeune homme apparaît à l'écran. Il sourit, Gabrielle se charge des présentations.

« Quels sont tes objectifs, Alba ? me demande-t-il.

— Perdre dix kilos en deux jours ? »

Il rit.

« Non, mais sérieusement ?

— Ah, c'est pas faisable ? Eh bien… Disons perdre dix kilos le plus vite possible, alors.

— Ce n'est pas un très bon objectif. Gab m'a expliqué par texto que tu venais d'avoir un bébé, c'est bien ça ?

— Oui, enfin, il y a trois mois.

— Par voie basse, césarienne ?

— Les deux.

— Pardon ?

— J'ai commencé le travail, et comme ça durait trop, et que ma fille finissait par en souffrir, j'ai eu une césarienne.

— Je vois. Tu as fait une rééducation du périnée ?

— Oui, c'était ça ou je mettais des couches.

— C'est un bon début, mais on va y aller doucement quand même, et ne pas trop le solliciter. »

Il est sympa, Will, à l'écoute, et très drôle.

La séance dure un peu moins d'une heure. Je redécouvre des muscles que je pensais avoir abandonnés en salle d'accouchement.

Gabrielle est étonnante, hyper endurante, et elle doit avoir une option antitranspirante, car, malgré tout ce qu'elle vient de faire sous mes yeux, elle est fraîche et pimpante.

« C'est quoi ton secret pour ne pas suer comme un petit porc ? À part douze ans et vingt kilos en moins, j'entends ? »

Elle se marre, avant de me révéler que c'est la constance de l'entraînement, et m'assure qu'au début ce n'était pas simple pour elle non plus.

Je lui propose de prendre un café face à la mer, et de regarder le soleil se lever. Je retourne vérifier qu'Emma dort toujours, puis j'apporte la cafetière et les tasses sur la petite table en fer forgé du jardin.

« Dis-moi, Nino t'interdit beaucoup de choses comme ça ? »

Elle semble mal à l'aise et répond beaucoup trop vite pour être honnête.

« Non, non ! Mais tu sais comment il est… C'est un homme un peu possessif, il n'aime pas que sa femme fréquente d'autres garçons.

— Oui, m'enfin là, il s'agit d'un coach de sport, pas d'un *date* Tinder !

— Je sais, j'ai bien essayé de lui expliquer, j'ai même voulu le lui présenter, pour le rassurer. En plus, Will est marié, très heureux en couple, papa de deux enfants. Je me sens bien avec lui, il me connaît bien, je n'ai pas envie de changer juste parce que c'est un homme… Mais il n'y a rien eu à faire. Je suis vraiment désolée de te demander ça, Alba, je sais que c'est ton ami, mais peux-tu, s'il te plaît, ne rien lui dire ?… »

Je la rassure. Évidemment que je ne dirai rien.

Mais je n'aime pas du tout le tableau qu'elle me peint de Nino.

# 26
# GABRIELLE

Aujourd'hui, nous visitons le palazzo d'Avalos. J'avais aperçu ce château depuis la plage, l'autre jour, et Nino m'avait promis de m'y emmener.

Il domine l'île à quatre-vingt-dix mètres au-dessus de la mer, et nous avons vue sur tout le golfe de Naples. C'est spectaculaire.

J'ai envie de prendre mon temps, d'explorer chaque recoin de cette forteresse. C'est la première fois que je me trouve dans un tel lieu. Mais Nino est pressé. Il connaît déjà, et il préfère la plage.

« J'ai vraiment eu une année crevante au boulot, j'ai besoin de repos, tu sais ?! »

Je le comprends. Alors, à contrecœur, j'accélère le pas et le rejoins sur le scooter.

En arrivant, nous apercevons Alba, Valentin et Emma sous le parasol.

La petite est allongée dans les bras de son père, et ses parents tentent de lui arracher un sourire. Ils sont beaux, tous les trois. L'amour qu'Alba et Valentin portent à leur petite fille est visible à des kilomètres ; il n'y a qu'à voir comment l'un et l'autre s'illuminent dès qu'ils s'adressent à elle.

C'est quelque chose qui ne s'explique pas, ça s'admire, leur visage change ; ce bébé agit sur eux comme une potion magique. Au moindre babillage, ils oublient la fatigue. Un gazouillement, et ils pardonnent la couche qui vient de déborder.

C'est donc ça, être parents.

Nino aussi est très mignon, avec Emma. Un vrai parrain gaga ! Lorsque je l'observe prendre soin d'elle, je me dis qu'il sera certainement un très bon père…

Il l'appelle régulièrement en visio pour la voir, s'inquiète de son état de santé, la couvre de cadeaux. Ici, je remarque à quel point il est à l'aise avec un bébé. Il la porte, la berce, la change. Comme s'il avait fait ça toute sa vie. Il accourt dès qu'elle pleure – « T'inquiète pas, parrain est là ! » –, lui fait écouter en boucle une comptine entêtante qui parle de *tagliatelle*.

Depuis qu'Emma est née, je découvre un autre homme.

« Oh, vous êtes là ! »

Alba nous fait un signe de la main. Nous approchons, et elle agite un petit sac dans ma direction.

« Tiens, cadeau ! » me dit-elle.

Je l'interroge du regard, elle me sourit et ajoute :

« C'est pour te remercier de la séance shopping. J'espère que ça te plaira. »

C'est un bikini, magnifique, encore plus beau que celui que j'ai acheté et oublié à l'appart.

Je lui en avais parlé entre deux essayages, elle s'en est souvenue. Son geste me touche tant que les larmes me montent aux yeux.

« Merci beaucoup, Alba. Il ne fallait pas ! Je l'adore…

— Je t'en prie. Je suis sûre que tu vas être canon dedans ! »

Je me retourne pour montrer mon cadeau à Nino. Son visage est figé dans une grimace, entre le dégoût et la colère.

« Il ne te plaît pas ? » je demande, déçue.

Je le vois essayer de contenir sa rage. La veine de son front cogne si fort contre sa peau qu'elle pourrait éclater. Sa bouche se tord, ses mains se crispent.

Il finit par le dire tout doucement, par le murmurer presque, en me frôlant sans même un regard. Pour que le brouhaha de la plage lui serve d'alibi…

« Ce sera parfait pour aller faire la pute ! T'as pas intérêt à mettre ça ! »

C'est comme un coup de poing dans mon ventre.

Et, soudainement, je comprends que je n'avais pas *oublié* mon maillot de bain.

## 27
## ALBA

Giovanni s'est définitivement installé dans ma tête. Il campe dans mon cerveau et squatte mes rêves. Il est revenu dans chacun d'eux.

Nous avons vécu, il y a dix ans, une relation passionnelle. Un été inoubliable qui reste à ce jour l'un de mes plus beaux – et douloureux – souvenirs.

Giovanni est le fils unique de Rosa. Bien qu'il soit de trois ans mon aîné, quand je suis arrivée sur l'île, il m'a immédiatement adoptée et embarquée avec lui. Et ainsi chaque été depuis ma plus tendre enfance.

Alors que je n'étais pas plus haute que trois pommes, il m'attendait au bateau chaque 1er juillet quand nous débarquions, avec mon père, pour nos longues vacances estivales. Et deux mois plus tard, il était encore aux premières loges, sur le port, pour me dire au revoir, en essayant tant bien que mal de cacher son chagrin derrière les jupes de sa mère.

Nous avons toujours été complices, à tous les âges, et malgré les années qui s'écoulaient. C'est Giovanni qui m'a fait découvrir la musique italienne, traînée à mes premiers concerts sur les plages, sur le continent. C'est avec lui que j'ai pris ma première cuite, passé ma première nuit blanche à attendre que le soleil resurgisse de son plongeon de la veille. Je nous revois, cachés sous une couverture, et je ressens encore l'émotion lorsque nous l'avons vu s'extraire de la mer tel un personnage qui apparaîtrait derrière un miroir, comme si nous avions sérieusement nourri l'inquiétude qu'il ne réapparaisse jamais.

Il y a toujours eu une alchimie entre Giovanni et moi, mais, soucieux de préserver notre belle amitié, nous l'avons très longtemps ignorée. Au fil des étés, je le voyais enchaîner les conquêtes, pendant que je lui racontais mes déboires amoureux. Nous étions les meilleurs amis du monde. Le reste de l'année, nous nous écrivions, nous nous appelions, puis, avec Internet, il est devenu encore plus facile de rester en contact. Nous nourrissions une relation idyllique.

Jusqu'à l'été 2011.

Je venais de vivre une rupture douloureuse, et j'avais quitté un job qui ne me convenait plus.

Arrivée à Procida, seule, sans mon père qui avait préféré la Grèce et sa nouvelle compagne à notre rituel estival, sans amis parce que je ne souhaitais gâcher les vacances de personne avec mon moral à chier, j'ai trouvé Giovanni au port, comme chaque année.

À ce moment, il était bien la seule certitude qui me restait sur cette Terre.

Il ne m'attendait pas avec des fleurs, parce qu'il sait que je les préfère dans les champs que dans un vase, mais avec un sandwich à la mortadelle, mon péché mignon.

« Tiens ! m'avait-il dit. Avoue, tu as attendu ça toute l'année ! »

Parce que, en France, un sandwich à la mortadelle n'est jamais aussi bon qu'ici, que la mortadelle n'est pas coupée aussi fine, et qu'aucun endroit de Paris n'offre une aussi belle vue pour la déguster.

J'ai pris conscience en cet instant précis que c'était lui que j'attendais plus encore.

Alors je l'ai embrassé.

Ensuite, nous avons passé soixante jours à rire, nous baigner, manger, et faire l'amour. Deux mois sans nous quitter, comme pour rattraper le temps perdu l'un sans l'autre.

Nous n'avons rien dit à personne, ni à nos amis sur l'île ni à Rosa. Nous avons vécu égoïstement cette passion, par peur qu'on nous l'abîme, qu'elle nous échappe, qu'elle s'envole.

Après avoir reporté deux fois mon retour, je n'ai plus pu reculer. Le jour du départ est arrivé.

J'ai failli rater le bateau à force d'attendre que Giovanni vienne m'embrasser.

Puis l'avion, parce que je ne pouvais croire qu'il me laisse partir sans un baiser, sans un mot après l'été que nous avions vécu.

Je ne l'ai plus jamais revu. Je n'ai plus eu de nouvelles.

J'ai mis des mois à m'en remettre et, pendant des années, chaque fois que je pensais à lui, je découvrais que la plaie de cette souffrance était encore ouverte.

Je n'ai jamais compris pourquoi. Pourquoi il n'était pas venu. Pourquoi il m'avait quittée ainsi. Pourquoi il avait agi comme un lâche.

L'année suivante, il avait déménagé à Rome. Depuis, il attendait août pour revenir sur l'île, évitant alors de me croiser.

Ça m'a aidée à guérir, même si, chaque fois que je débarque à Procida, je continue à le chercher du regard sur le quai.

## 28
## GABRIELLE

J'ai la nausée.

J'ignore si c'est à cause de la grossesse ou du comportement de Nino.

Je ne comprends pas sa façon d'être parfois si dur avec moi.

Je n'arrive pas à manger ; pourtant, on vient de me servir un plat qui me semble succulent. De grosses pâtes aux aubergines, avec de la chapelure parsemée par-dessus. (Les Italiens font vraiment des pâtes avec n'importe quoi !)

Nous n'avons rien commandé de particulier. Nino a demandé au serveur de nous apporter *un peu de tout.*

J'ai noté qu'ils font souvent ça, Alba et lui, dans les restaurants qu'ils connaissent. Ils font confiance au chef – et ils ont raison !

« Tu ne manges pas ? me demande Valentin.

— Oh, j'ai encore trop grignoté à l'apéritif, et je n'ai plus d'appétit ! Chaque fois, je me fais avoir. »

Mon rire est un peu trop aigu ; Alba n'est pas dupe. Je la vois me questionner du regard. Je souris en retour.

Je la trouve très belle. Quelque chose dans sa façon de se tenir a changé.

Ses nouvelles tenues lui vont parfaitement, elles subliment ses courbes, mettent en valeur son teint, ses yeux. Je le lui fais remarquer.

« Tu es vraiment magnifique, Alba, ce soir. »

Elle rougit, semble mal à l'aise.

« C'est la plus belle des mamans », dit fièrement son mari avant de l'embrasser sur la tempe.

Une fois qu'on a enfanté, est-on définies uniquement par ce prisme ? Est-ce qu'être mère l'emporte sur tout le reste ? Est-ce le rôle d'une vie ? Ne pourra-t-on jamais faire mieux, *vraiment* ?! Bascule-t-on pour toujours, aux yeux des autres ?

Ça me fait peur.

Je n'en ai pas envie.

Enfin, j'ai envie d'être mère, un jour, mais j'ai envie d'être tout un tas d'autres choses aussi.

Avant, après, pendant.

En tant que fille, je n'ai jamais réussi à considérer ma propre mère comme une femme. C'est une erreur que je reconnais aujourd'hui.

L'idée même qu'elle puisse fréquenter des hommes, après la mort de mon père, me rebutait.

Je le comprenais, pourtant. Je l'espérais même pour elle. Pour qu'elle ne soit plus seule à se débattre contre une vie compliquée et maussade. Pour qu'elle ait un soutien sur lequel elle puisse s'appuyer. Pour aimer, être aimée, et heureuse à nouveau. Elle le méritait tellement…

Je le comprenais, mais mon cerveau refusait tout simplement de l'accepter.

D'ailleurs, lorsqu'elle a refait sa vie avec Julien et qu'il s'est installé à la maison, j'ai préféré quitter le nid.

Je n'avais que seize ans, j'étais en couple avec Kamel, qui en avait quatre de plus, et un studio.

Avec mon petit salaire de vendeuse en alternance, je lui payais une partie du loyer – ce qui arrangeait carrément ses affaires… Il avait ainsi plus d'argent pour ses jeux vidéo, auxquels il était accro.

Des mois plus tard, il a pris soin de me trouver une remplaçante avant de me demander de gentiment partir. Il ne voulait plus de moi, mais avait toujours besoin d'une âme sœur pour contribuer au loyer…

« Gab, t'es avec nous ? »

La voix de Nino me sort de mes pensées.

« Gab ? Ça va, mon amour ? »

Il me caresse la joue, je pose doucement ma tête contre sa main. C'est doux, ça fait du bien. Il est redevenu mon amoureux chéri. Gentil et tendre.

Mais pour combien de temps ?

# 29
# ALBA

Rosa est venue nous apporter un gros plat de lasagnes.

C'est avec elle que j'ai découvert la vraie cuisine italienne familiale, conviviale, et le plaisir de manger et de partager un bon repas avec les gens qu'on aime.

Ma mère n'a jamais été un cordon-bleu. Ses plats sont très basiques, et elle doit être fâchée avec les épices… Tout ce qu'elle prépare est atrocement fade, et elle réussit l'exploit de cuisiner des choses différentes mais qui ont toutes le même goût, c'est-à-dire aucun.

Cerise sur le gâteau : elle est au régime depuis à peu près… toujours. Elle a une obsession des calories, pèse tout, calcule et évalue, jeûne des jours entiers dès qu'elle s'accorde le moindre écart. Aujourd'hui encore, à bientôt soixante-dix ans, sa priorité reste de garder une silhouette de jeune fille.

Mon père, chez qui je vivais un week-end sur deux et toutes les vacances d'été, ne sait pas faire cuire un œuf. Mais ce n'est pas un problème, lorsqu'on est riche. Il suffit d'aller au restaurant.

Rosa, elle, passe ses soirées et ses week-ends dans sa cuisine.

Une vraie *mamma* italienne.

Elle adore faire à manger, elle dit que ça la détend. Elle mitonne toujours des quantités astronomiques et distribue ses petits plats à ses patients, aux voisins, aux commerçants. Elle m'a appris pas mal de recettes. Giovanni n'était pas très intéressé par les fourneaux, et elle était heureuse d'avoir quelqu'un avec qui partager son savoir.

Chaque fois que je reproduis son risotto *alla pescatora*, ses aubergines farcies ou son tiramisù, je fais l'unanimité. Quand je veux épater la galerie, elle est ma botte secrète.

Valentin aussi est doué en cuisine. Il nous concocte des petits plats, il regarde des tutos sur YouTube, et il est abonné à tout un tas de comptes Instagram dédiés à la nourriture. Il a d'ailleurs hâte de préparer des petits pots à notre fille.

Je propose à Rosa de rester manger avec nous.

« Tu es gentille, ma belle, mais je vais profiter de mon fils. Ça fait des mois que je ne l'ai pas vu, je ne veux pas en perdre une miette ! D'ailleurs, il m'a parlé de toi, il t'embrasse. Comment c'est possible que vous ne vous soyez pas encore retrouvés, tous les deux ? »

Emma se met à pleurer, et je n'en ai jamais été aussi soulagée.

Je la prends contre moi, la berce, et m'installe dans le hamac pour l'allaiter et esquiver la question.

« Dites-lui de venir prendre l'apéro avec nous, demain ! Hein, Alba ? Depuis le temps que j'entends parler de ce Giovanni… J'aimerais bien le rencontrer ! »

Putain, Nino, ta gueule !

Je dois rassembler toutes mes forces pour ne pas me décomposer. Je fais semblant de ne pas entendre, c'est l'unique chose dont je suis capable.

« Mais oui, bonne idée ! » renchérit Valentin.

Je voudrais m'enfuir.

## 30
## GABRIELLE

Je n'ai rien dit à Will, pour ma grossesse. Je n'avais pas envie qu'il modifie les entraînements.

J'ai besoin de me défouler pendant notre séance. J'ai besoin de sentir que mon corps tient le coup, qu'il ne me lâche pas, que ce n'est pas un traître vendu aux hormones.

Mais j'aurais peut-être dû manger un truc avant de commencer, ce matin, parce que, au bout du dixième *burpee*, je vomis le peu que j'avais réussi à avaler la veille sur les baskets d'Alba, qui enchaîne ses *squats* tranquille.

« Oh non, chié, Gab ! C'est une édition limitée. »

Je suis mortifiée. Je promets de la rembourser. Parce que, clairement, vu leur matière – du tissu –, ça va être difficilement rattrapable.

Will s'assure que je vais bien et demande à Alba de rester auprès de moi le temps que je me reprenne complètement. Il préfère arrêter la séance et m'ordonne de me reposer.

J'accepte à contrecœur.

Alba s'éloigne et revient avec un linge frais, qu'elle pose sur mon front, et un verre d'eau qu'elle me tend.

« Elle est gazeuse, me précise-t-elle. Moi, ça m'aidait vachement, le premier trimestre, avec les nausées.

— Non mais là, c'est pas la grossesse. Je dois juste avoir un coup de mou... Encore désolée, pour tes baskets.

— Mais on s'en tape, des baskets, Gab ! Tu es sûre que tu te sens bien ? »

J'éclate en sanglots. Je vais vraiment avoir du mal à ne pas tout mettre sur le compte des hormones. Je suis un vrai cliché, aujourd'hui.

Je lui confie de nouveau mes peurs, je lui avoue me sentir monstrueuse de ne pas vouloir de cet enfant.

« Tu as des alternatives, tu sais ? Personne n'a le droit de te juger pour ça ! C'est *ton* corps. Tu es tombée enceinte sous contraceptif ?

— Non. Je ne prends plus la pilule depuis quelque temps ; je ne la supporte pas bien. J'avais demandé à Nino d'utiliser un préservatif, le temps de trouver une autre solution... Mais il n'aime pas ça.

— Comment ça, il n'aime pas ça ???

— Il dit que c'est moins bien avec. Alors... Eh bah... Il se retire avant... d'éjaculer. Je n'arrête pas de lui dire que c'est risqué. Et, selon lui, il gère. Mais il ne gère rien du tout, comme tu peux le voir ! »

Alba fronce les sourcils. Elle doit me juger, je me sens mal.

« Pardon de te poser la question, mais pourquoi tu n'avortes pas ? Je te le répète : tu as le *droit* de ne pas vouloir de cette grossesse, Gab.

— Parce que Nino, lui, aimerait devenir père.

— Eh bien, tu sais quoi ? Il n'a qu'à se payer un utérus ! »

J'éclate d'un rire libérateur.

« Tu veux que je lui parle ? me demande-t-elle.

— Non non ! Surtout pas, je t'en supplie, Alba ! S'il te plaît, ne lui dis rien. »

J'ai réagi un peu fort, et je comprends en l'observant que son froncement de sourcils, ce n'est pas un jugement, c'est de l'inquiétude.

J'ai envie de pleurer de nouveau, je lutte pour ne pas passer pour une folle.

Je détourne le regard pour le poser sur l'horizon.

Cette île ressemble au paradis, et j'ai l'impression de vivre un enfer.

« Gabrielle, dis-moi… Est-ce que Nino te fait peur ? »

# 31
# ALBA

Je profite de la sieste d'Emma pour prendre des couleurs.

Gabrielle s'est endormie, elle aussi, sur le transat à côté du mien, et les garçons sirotent un café au bar de la plage et savourent quelques cigarettes. Il fait très chaud mais, près de l'eau, une petite brise rend la température supportable.

Et puis, vu la météo à Paris, j'ai promis de ne pas me plaindre une seule fois du temps qu'il fait ici.

J'ai toujours du mal à quitter ma robe de plage. Je m'installe au soleil, je la relève au maximum pour offrir mes cuisses aux rayons brûlants, mais je ne vais pas plus loin. Tant pis pour les marques horribles de bronzage !

Je mets mes écouteurs et lance ma playlist du moment. « Mille », de Fedez, Achille Lauro et Orietta Berti, tourne en boucle depuis sa sortie il y a quelques semaines. Une chanson de l'été comme seuls les Italiens savent en faire. Elle me donne une pêche d'enfer et envie de me dandiner sur le sable.

La musique s'arrête en plein milieu de mon passage préféré : un appel a fait taire Orietta.

Je ne connais pas le numéro. Mon agacement est à son apogée, je réponds assez sèchement.

« Oui ?

— C'est bon de t'entendre ! »

Je me redresse. Sa voix dans les écouteurs, comme un chuchotement.

J'ai des frissons sur tout le corps.

Au mois de juillet. À 11 heures du matin. Dans le sud de l'Italie.

Articuler quelque chose, vite.

Je préfère les messages, qui permettent un temps de réflexion…

« Giovanni, qu'est-ce que tu veux ?

— Savoir à quelle heure je suis convié ce soir.

— Ce n'est pas mon idée. Et ce serait peut-être mieux que tu inventes une excuse pour ne pas venir.

— Pourquoi je ferais ça ? »

J'ai envie de hurler.

Je dois me concentrer pour rester calme et ne pas faire un scandale sur la plage.

Je me lève, m'assure d'un regard qu'Emma dort toujours, et me place face à la mer, les pieds dans l'eau, pour que son bruit vienne recouvrir celui de ma colère.

« Parce que tu n'as aucun droit d'entrer dans ma vie comme ça ! Aucun droit de m'annoncer, au bout de dix ans, que tu penses toujours à moi. Aucun droit de te pointer, face à mon mari, ma fille, mes amis, et de jouer à ton petit jeu stupide.

— Je ne joue pas.

— Pourquoi est-ce que tu me fais ça ? Tu ne m'as pas fait assez de mal ? Tu veux en remettre une couche ? Tu veux quoi, Giovanni, au juste ?

— Hey, je comprends ta colère. Je la mérite. Il n'y a pas *un* jour où je ne regrette pas mon attitude. J'en ai aimé d'autres, Alba, j'ai même failli me marier. Mais ça n'a jamais été comme avec toi. Je voulais m'excuser et te le dire. Te regarder dans les yeux et te le dire. Peut-on se voir tous les deux ?

— NON ! »

Je raccroche. Mes mains tremblent, je ne peux plus les contrôler.

Je n'ai pas entendu Gabrielle approcher. Elle a Emma dans les bras.

« Pardon, Alba, elle pleurait… Oh, mais je vois qu'elle n'est pas la seule… »

# 32
# GABRIELLE

Elle a parlé longtemps, assise près de moi sous le parasol.

Elle m'a raconté Giovanni, leur histoire, sa souffrance, et son incompréhension.

Elle parlait doucement, mais sans faire de pause, comme s'il y avait un trop-plein de mots, et que sa bouche débordait.

Elle a raconté tout ça en berçant sa fille sans cesse, machinalement je crois, alors que la petite s'était rendormie depuis un bout de temps tout contre sa poitrine.

Elle m'a aussi parlé de Valentin, de son regard qu'elle ne voyait plus briller, de la difficulté de passer d'un couple à une famille.

Elle m'a dit culpabiliser de ressentir toutes ces choses, alors qu'elle a tant désiré l'arrivée de ce bébé. Elle m'a avoué qu'elle ne comprenait *rien* à ces émotions qui l'envahissaient et la submergeaient après dix ans.

« Il devrait y avoir prescription, non ? Pourquoi est-ce que Giovanni parvient encore à me mettre dans cet état ?

— Peut-être parce qu'il arrive dans un moment de doute ?

— Et parce qu'il est canon, aussi… »

Elle sourit enfin.

« Je suis désolée de te déballer tout ça, Gab. Tu dois me trouver pathétique.

— Non, pas du tout. Et je suis touchée par ta confiance… Comment tu vas faire ? Pour demain soir, je veux dire.

— Je n'en sais rien. Il faudra que je sois bonne comédienne.

— Je resterai pas loin, si tu as besoin de soutien.

— Tu sais quoi, Gabrielle ? Je crois que Nino a déniché une perle rare. »

Je baisse les yeux et rougis. Elle saisit mon menton, me relève la tête et me demande :

« Mais est-ce qu'il te mérite ? »

Je tombe amoureuse comme on tombe malade.

Il me suffit de peu de choses. Un regard, une petite attention, et me voilà repartie pour un tour.

Je peux succomber au charme de n'importe qui, je n'ai pas de critères physiques particuliers.

Je me fiche de son métier, de son âge, qu'il écrive en alexandrins ou qu'il fasse trois fautes par phrase.

Ce qui me fait tomber sous le charme d'un homme, c'est qu'il me remarque, moi, au milieu de tant d'autres femmes. Qu'il s'intéresse à celle que je suis. Qu'il ait envie de moi.

Parce que je trouve ça toujours improbable, en fait. Je vois cela comme un cadeau, une opportunité à ne pas rater. Et s'il m'échappait, et s'il était l'homme de ma vie ? Le prince charmant ? Alors je laisse des chances, pour ne pas rater la mienne.

Je suis certaine que Nino m'aime. Pas toujours de la bonne façon, mais je ne suis pas facile à vivre tous les jours.

Je suis tête en l'air, naïve, influençable. C'est aussi pour ces raisons que je ne me sens pas encore capable de m'occuper d'un autre être humain.

J'ai fait une adolescence à retardement. J'étais l'aînée. À la mort de mon père, la seule à pouvoir soutenir ma mère, à l'aider à la maison, c'était moi. Je prenais en charge mes frères comme s'il s'agissait de mes enfants. Et parfois, ça me pesait. Alors, lorsque je suis partie, je suppose que j'ai cherché auprès des hommes que je rencontrais la figure paternelle qui me manquait.

Et je me suis laissé porter…

# 33
# ALBA

J'ai prétexté quelques courses pour m'échapper une petite heure. J'ai besoin d'air. Je marche sans réfléchir à ma destination, la musique à fond dans les oreilles.

Mia Martini chante « Minuetto ».

« *E vieni a casa mia, quando vuoi, nelle notti più che mai*

*Dormi qui, te ne vai, sono sempre fatti tuoi*

*Tanto sai che quassù male che ti vada avrai*

*Tutta me, se ti andrà per una notte.* »

Terrible et magnifique chanson.

Elle semble lasse de cet amour auquel elle ne parvient pas à dire non, lasse de cette attente, de son égoïsme.

« Et tu viens chez moi quand tu veux, la nuit plus que jamais,

Tu dors ici, tu t'en vas, tu fais toujours ce que tu veux,

De toute façon, tu sais qu'au pire tu m'auras,

Tout entière, pour une nuit, si tu en as envie. »

Cette chanson, je l'ai tellement écoutée quand Giovanni m'a quittée que je croyais l'avoir usée.

J'arrive machinalement sur le vieux pont qui relie Procida à l'isola di Vivara. Une oasis protégée, réserve naturelle.

C'est un havre de paix sur la mer. L'île est toute petite, encore plus petite que Procida, sauvage, couverte de plantes rares et peuplée d'oiseaux magnifiques.

Je ralentis, j'admire la vue quelques instants, avant de faire demi-tour.

Combien de fois a-t-on arpenté ce pont, avec Giovanni. En courant quand on était petits, puis en dissertant sur tous les sujets imaginables, plus tard.

Trois cents mètres aller, trois cents mètres retour. Ça laisse le temps de perdre son souffle, et de créer des liens.

Je ne sais pas ce qui m'a le plus manqué, lorsqu'il est sorti de ma vie : l'ami ou l'amant ? Devoir faire le deuil des deux a été une épreuve tellement difficile.

Aurais-je aussi mal, si Valentin me quittait ? Bien sûr que oui. Ce serait certainement pire encore. Et puis, on peut ne plus être mari et femme, mais on sera toujours les parents de notre fille.

Il me faut lui parler, lui confier ce que je ressens. Peut-être qu'il ne se rend pas compte, ou qu'il ne me comprend plus.

Je vais lui proposer d'aller dîner tous les deux. On laissera Emma à Rosa, et on ira manger du poisson, boire du vin, et puis on fera l'amour.

Et ce sera comme un pansement. Qu'il faudra changer régulièrement, jusqu'à ce que la blessure guérisse.

Je retrouve le sourire et l'espoir. Cette promenade me fait du bien.

J'arrive presque au bout du pont lorsque j'aperçois une silhouette familière.

Un mètre quatre-vingt-dix de beauté.

Une démarche que je reconnaîtrais entre mille. Un style à l'italienne toujours parfait, simple et élégant.

Un sourire en coin pour lequel j'aurais pu me damner.

Giovanni.

Je vois ses lèvres bouger, je n'entends rien, à cause de Battisti qui chante contre mes tympans, je lis mon prénom sur sa bouche.

Et je ne contrôle plus mon corps qui s'élance vers cet homme qui m'a tant manqué.

Je lui saute dans les bras, m'agrippe autour de sa taille. Il ne bascule même pas en arrière et, comme il y a dix ans, m'enlace, puis enfouit son visage dans mon cou.

Nous restons ainsi de longues minutes, immobiles, en silence, lui ancré dans le sol, moi en lévitation.

Qu'importe le monde autour. Je voudrais que cet instant demeure suspendu.

Mais la réalité nous rattrape.

« Repose-moi. »

Il s'exécute. Je baisse mes lunettes de soleil, et lui les siennes.

Il n'a pas changé. Seuls des reflets argentés sont venus colorer ses cheveux et sa barbe.

« Je savais que je te trouverais là. J'ai envie de t'embrasser, me dit-il.

— Et moi de te gifler ! Il serait préférable qu'on résiste tous les deux à nos pulsions. »

## 34
## GABRIELLE

Je vais parler à Nino, lui dire que je ne souhaite pas poursuivre cette grossesse. Tout en essayant de choisir les bons mots pour qu'il me comprenne.

Je prépare un café et lui en apporte une petite tasse, bien chaude, sans sucre. Je le trouve dans le jardin, à l'ombre de la pergola, en train de fumer une cigarette et d'admirer la vue.

« Un jour, je viendrai vivre ici, dit-il en m'entendant approcher.

— *Je* ? Et tu ne comptes pas m'emmener ? »

Il me sourit.

« Tu as pris des couleurs ; le bronzage te va bien, ma chérie. J'ai très envie de toi, là, tout de suite.

— On peut discuter, avant ? »

Il expire bruyamment. Ça doit vouloir dire « tu m'emmerdes ».

« Quoi, encore ? »

*Encore* ? Je n'ai pas l'impression de le harceler, mais je ne relève pas.

« J'aimerais qu'on parle de ma grossesse.

— Je croyais qu'on laissait ça de côté pendant les vacances... Tu ne peux pas, pour une fois, t'en tenir à ce qu'on avait dit et profiter du moment présent ? »

Je baisse les yeux. Il a raison : ça peut bien attendre quelques jours, et je n'ai pas envie de gâcher l'ambiance. Ce que je peux être bête, parfois...

« Oui, c'est vrai, pardon. On en discutera à notre retour. »

Il se radoucit, se lève, s'installe derrière moi et m'enlace.

« Regarde-moi ce paysage ! As-tu déjà vu quelque chose d'aussi beau ?

— Oui, toi. »

Il m'embrasse dans le cou, commence à me caresser les hanches, les seins.

« Attends, arrête, pas maintenant !

— Gab, je comprends. Tu te poses des questions sur la maternité, c'est normal ; et puis, ça ne doit pas être simple d'avoir un bébé sous le nez. C'était peut-être pas la meilleure des idées de t'emmener ici. J'adore ma filleule, mais j'avoue qu'elle pleure beaucoup – enfin, tous les enfants ne sont pas comme ça. Tu seras une mère formidable, j'en suis sûr ! Surtout, je suis là, moi. Je serai là pour t'aider, on formera une famille unie, pour toujours. Tu n'en as pas envie ? Tu n'as pas envie d'être à moi pour toujours ? »

Je n'ose pas lui dire qu'Emma n'est pas le problème, et je ne trouve pas qu'elle pleure beaucoup, au contraire. Et puis, comment répondre non à une telle question ?

Je me sens stupide de ne pas réussir à prendre conscience de ma chance d'être ici, d'avoir Nino dans ma vie, d'attendre un enfant... Car combien de femmes souhaitent en avoir et n'y parviennent pas ?

Même Alba m'a confié avoir dû patienter près d'un an avant de tomber enceinte.

Et si j'avortais et que je n'arrivais plus jamais à l'être ? C'est peut-être le destin ?

Je pose une main hésitante sur mon ventre.

Je vais peut-être l'aimer, après tout.

## 35
## ALBA

On prépare la table sous la pergola pour l'apéritif, les garçons s'occupent des cocktails, moi du grignotage. Gabrielle a proposé d'essayer d'endormir Emma. Je la vois à travers la baie vitrée, elle fait les cent pas dans le petit salon.

J'ai renversé les olives, failli me trancher un doigt en coupant le saucisson ; j'ai la tête ailleurs : elle est restée sur le pont avec Giovanni.

J'ai mis une longue robe noire dos nu, et j'ai relevé mes cheveux. En arrivant dans le jardin, Valentin m'a demandé si j'avais changé quelque chose.

« Nouvelle robe, ai-je répondu.

— Oui, très jolie ! Mais ce n'est pas ça. Je ne sais pas... Ton visage. »

Je ne lui ai pas avoué que ce qu'il voyait était sûrement l'expression d'une femme qui, pour la première fois depuis longtemps, se sentait désirée.

J'ai l'impression de ne plus toucher terre, d'avoir quinze ans de nouveau, j'ai l'estomac tellement rempli de papillons qu'il n'y a même plus de place pour une olive.

Je me trouve belle.

C'est fou à quel point savoir que l'on plaît à quelqu'un qui nous plaît en retour nous fait nous sentir puissante.

Envolée la fatigue des nuits hachées. Oubliées les courbatures des *squats*. Aujourd'hui, je me fous même de mon poids tant je me sens légère.

Giovanni ne m'a pas dit : « Tu n'as pas changé », car c'est faux, et on le sait tous les deux. Il m'a dit : « Tu es parfaite, Alba, parfaite », bien sûr c'est tout aussi faux, mais il me l'a dit en me regardant droit dans les yeux. Et j'y ai cru.

J'ai encore tiré du lait d'avance : il faut que je boive un verre ou deux ce soir, je ne vais jamais tenir le coup, sinon.

J'avale une coupe de prosecco cul sec, ça va m'aider à me détendre.

Gabrielle me rejoint et semble très fière d'avoir réussi à endormir ma fille.

« Je m'entraîne », lance-t-elle avec un timide sourire.

Je me promets de la questionner plus tard sur sa réflexion. Pour le moment, à part ricaner bêtement, je ne suis pas capable de grand-chose.

Je suis certaine que notre cerveau perd pas mal de points de QI dans ce genre de situation !

Giovanni arrive comme une fleur à 19 h 30. Il porte un pantalon et une chemise en lin. Je pense avoir laissé échapper un filet de bave en le voyant passer le portail, et les terminaisons nerveuses de mon vagin se sont mises à clignoter d'un coup. C'est Noël dans ma culotte.

Il se présente aux garçons, auxquels il tend une bouteille de vin. À Gabrielle il offre un petit porte-clés en forme de piment, en lui expliquant qu'il lui portera bonheur.

Puis il s'approche de moi, m'embrasse sur la joue, et me dit dans un large sourire :

« *E questo è per te !* »

Je n'ai pas besoin d'ouvrir le petit paquet, rien que pour moi. L'odeur chatouille déjà mes narines.

J'ai eu mon *panino alla mortadella.*

## 36
## GABRIELLE

Alba est lumineuse. Le soleil se couche, et elle a pris le relais.

Nous devions sortir dîner, puis tout le monde a eu l'air de se sentir si bien dans le jardin que Valentin a proposé de commander des pizzas.

Un jeune homme en scooter nous en a apporté six. Nino m'a donné trente euros pour le payer ; je lui ai fait remarquer que ça ne suffirait jamais. Il a ri.

« Tu es dans le sud de l'Italie, ici, ma puce ! Avec trente euros, tu passes une soirée d'enfer ! »

Il avait raison : le livreur m'a même rendu la monnaie, que je lui ai finalement laissée en pourboire.

Je n'en reviens pas, et, surtout, je n'en ai jamais mangé d'aussi bonnes. La mienne, aux fleurs de courgette et *fior di latte*, est une œuvre d'art. Je bave tout autant devant celle d'Alba : mortadelle et truffe d'été. Ah, ça me change de ma Reine habituelle de chez Domino's…

C'est agréable, ces soirées à manger et à refaire le monde. Je n'ai plus trop l'occasion de fréquenter mes amis à Nancy. Quand je suis de fermeture, je ne rentre pas à l'appart avant

20 h 30. Le temps de préparer le repas, ou de prendre un plat à emporter au passage et une bonne douche, il est presque 22 heures.

Nino travaille tard, souvent ; lorsqu'il est là, on squatte le canapé et on se laisse hypnotiser par une série. Il n'aime pas trop mon groupe d'amis, qu'il trouve puérils. Alors les occasions de les voir se sont faites de plus en plus rares.

Cette vie de couple ne me déplaît pas, loin de là, mais disons que, après avoir passé des mois enfermée à cause des confinements, j'ai envie de reprendre le chemin des terrasses, des bars, des soirées chez les copains.

C'est la première fois que je tombe amoureuse d'un homme beaucoup plus vieux que moi. Avec les autres, il n'y avait pas ce décalage et, pour les loisirs, c'était… plus simple. Mais Nino est plus mature que tous mes ex réunis. J'imagine qu'on ne peut pas tout avoir.

Et puis, avec l'arrivée d'un bébé, ça me paraît encore plus compliqué de retrouver cette vie-là.

Ce n'est pas très grave, après tout, non ?

J'en ai bien profité.

Nino ressert du vin à tout le monde. Il me demande si je veux un autre Coca, je refuse.

Je les observe discuter en italien. Je ne comprends pas grand-chose, mais ça ne me dérange pas. Je remarque qu'ils n'ont pas la même voix quand ils changent de langue. C'est amusant : je pourrais les écouter des heures.

Il faudra que je prenne quelques cours, si je souhaite revenir ici et participer un peu aux conversations.

Giovanni est un bel homme, et même si Valentin n'a rien à lui envier, je comprends qu'Alba soit troublée. Il est assis sur le rebord de la chaise, le dos incliné vers l'arrière, les bras sur les accoudoirs et les mains croisées sur le torse ; il la dévore des yeux, et lorsqu'il s'oblige parfois à détourner le regard, ça ne dure que quelques instants. Comme s'il avait peur de la perdre de vue.

J'entends Emma pleurer. Tout le monde est légèrement éméché, je me dévoue et laisse ainsi ses parents profiter.

« Eh, coucou, toi, petit bébé ! »

Ses cris cessent dès qu'elle perçoit ma voix.

Je la sors de son lit, la pose contre mon cœur et la berce un temps. Elle sent bon, une odeur que je n'avais jamais sentie avant, douce et chaude.

J'essaie de me projeter. Dans quelques mois, dans notre appartement. Il faudra transformer le bureau de Nino en chambre d'enfant, ou déménager.

Je pense au congé maternité, à ma direction qui ne va pas du tout apprécier cette nouvelle alors qu'elle vient de me confier un poste plus important. Je pense qu'il faudra déjà l'inscrire à une crèche, si on veut avoir une place dans un an. Je pense à Nino qui rentre tard, à moi et à ce bébé que je n'ai pas désiré, seuls, dans notre salon.

Et une terrible angoisse m'envahit.

Parce que rien de tout cela ne me fait envie.

## 37
## ALBA

« C'est un mec bien, ton mari. Dommage, j'aurais préféré avoir envie de lui casser la gueule. »

Nous sommes accoudés sur la rambarde en pierre de la terrasse. On ne peut plus voir la mer, mais on continue de l'entendre.

Gabrielle est montée se coucher, Nino en a profité pour sortir et aller faire le tour des bars. On lui a évidemment interdit de prendre le scooter, il a râlé pour la forme, puis il est parti à pied. Valentin, lui, s'est endormi dans le hamac. Ivre.

Giovanni est là, près de moi, son épaule collée à la mienne.

J'ai bu moi aussi, mais beaucoup moins qu'eux, et puis il y a cet homme qui me fait bien plus d'effet que l'alcool. Cela fait combien de temps que je n'avais pas ressenti cela ? Je me sens si vivante.

Il est 2 heures du matin, je respire profondément, tout est calme en apparence, alors qu'une tempête souffle dans ma tête.

« Tu sais, il y a dix ans…

— Tais-toi, Giovanni ! S'il te plaît. »

Je n'ai pas envie qu'il m'explique pourquoi il m'a quittée comme ça. Pas envie, pour le moment, de savoir ce qui a motivé sa lâcheté. Je ne veux pas avoir à juger si son excuse était valable ou non, si j'ai souffert pour une bonne raison ou non.

J'ai envie de profiter de ce moment, et d'être celle qui décide, cette fois.

« D'accord, alors tu veux qu'on parle de quoi ? De toutes les fois où on a fait l'amour sur cette terrasse ? »

Il se retourne vers moi. Je ne bouge pas. Surtout, ne pas le regarder.

« Oui, ou on peut parler du réchauffement climatique. Tu en penses quoi ? »

Il éclate d'un rire que je connais bien, un rire presque enfantin.

« Très bien, allons-y ! Comment tu t'y prendrais, toi, pour refroidir la planète ? Parce que, pour refroidir un homme, t'es sacrément douée. »

Il me quitte à 4 heures du matin, en me demandant de nous revoir. Je ferme le portail sans répondre, alors que ma tête me supplie de dire « non ».

Je réveille mon mari avant d'aller me coucher, pour qu'il ne finisse pas la nuit dehors.

Lorsqu'il me rejoint dans le lit, à moitié endormi, il me serre contre lui.

« Je t'aime, ma chérie. »

Je ne dis rien.

Alors que mon cœur me hurle de répondre « moi aussi ».

## 38
## GABRIELLE

Nino n'est pas rentré de la nuit.

Il est 7 h 30, je suis inquiète. Il a beaucoup bu hier soir, et je crains qu'il lui soit arrivé quelque chose.

Je descends demander à Alba et Valentin s'ils ont des nouvelles. Son téléphone est éteint, je n'ai pas réussi à le joindre.

Seul Valentin semble réveillé. Il donne le biberon à sa fille dans le jardin.

« Bonjour.

— Oh, bonjour Gabrielle. Tu as bien dormi ?

— Bof. Nino n'est pas rentré, tu sais où il est ?

— Non… »

Il paraît mal à l'aise, mais tente de me rassurer.

« Je suis sûr qu'il va revenir d'une minute à l'autre avec des *cornetti* ! Il a dû rencontrer des amis dans un bar et n'a pas vu l'heure passer. Tu sais comment il est, il aime bien faire la fête. »

Oui, surtout lorsque je ne suis pas avec lui.

« Moi, j'ai une sacrée gueule de bois, ce matin, poursuit-il. Ça faisait un petit bout de temps que ça ne m'était pas arrivé. Alba ne doit pas être dans un meilleur état ; elle dort toujours.

— C'était sympa, hier soir. »

Il hoche la tête mais n'a pas l'air convaincu. Je me demande s'il a perçu quelque chose. Il faut dire que Giovanni ne se cachait pas, il aurait fallu être aveugle pour ne rien voir.

Valentin me propose un café, je refuse. Ce matin, j'ai clairement la nausée, impossible d'avaler quoi que ce soit.

Il pose Emma dans sa poussette et me sollicite pour garder un œil sur elle le temps qu'il prépare une cafetière. J'accepte avec plaisir. Ce bébé me fait fondre. Je ne sais pas si c'est une bonne chose pour moi de l'avoir sous les yeux tous les jours alors que je suis incapable de prendre une décision concernant ma grossesse, mais je ne peux pas m'empêcher de la trouver incroyablement craquante.

C'est au tour d'Alba d'émerger de son sommeil qui, au vu de sa tête, n'a pas dû être réparateur.

« Salut, Alba, ça va ? »

Elle me répond en grognant – je crois que ça veut dire « non ».

Elle s'approche de sa fille, l'embrasse, la renifle. L'odeur des bébés doit détenir un pouvoir magique, car aussitôt Alba sourit. Elle a eu son petit shoot, et la bonne humeur la regagne.

Valentin revient avec du café, de l'eau et du paracétamol. La journée va être longue pour tout le monde.

Quelques minutes plus tard, le portail s'ouvre.

Nino est là, pimpant. Je ne vois rien dans ses mains qui puisse contenir des croissants.

Il nous rejoint tout sourire à table, sous la pergola.

« Je suis cre-vé ! annonce-t-il, presque triomphant. Il reste du café ? J'en bois juste une gorgée, et je vais me coucher. »

# 39
# ALBA

Je les entends s'engueuler depuis ma chambre, où je tente en vain de faire passer ma migraine.

Nino hurle des horreurs, je ne perçois pas les réponses de Gabrielle. Soit elle chuchote, soit elle ne réplique pas. Elle a dû lui reprocher d'avoir découché, et Monsieur ne semble pas apprécier.

Je n'avais jamais entendu mon ami tenir de tels propos. Qui est cet homme que je pensais si bien connaître ? Je ne sais s'il est encore ivre, mais la façon dont il parle à sa petite amie est inadmissible. J'ai envie de monter pour lui démonter la gueule.

Lorsque j'y réfléchis, je l'ai très peu vu agir avec les femmes… Celles qu'il nous a présentées étaient de passage, et ce n'était jamais plus que pour un verre ou un dîner.

Nous a-t-il caché sa vraie nature ?

Valentin me rejoint dans la chambre. Je l'interpelle sur le comportement de Nino.

« Il abuse, non ? Il faudrait peut-être lui dire de se calmer ?

— Ça ne nous regarde pas, Alba.

— Mais enfin, on ne crie pas sur une femme comme ça ! Enceinte, qui plus est.

— Attends… Gab est enceinte ?

— Merde…
— Tu le sais depuis longtemps ?
— Quelques jours.
— Ah, c'est pour ça qu'elle ne boit pas ! Et Nino est au courant ?
— Bien sûr qu'il l'est. Il l'oblige à poursuivre cette grossesse alors qu'elle n'en veut pas.
— Le con !
— Ne lui dis rien, s'il te plaît… J'avais promis à Gabrielle de garder le secret. »

Valentin finit par s'assoupir, et Nino par fermer sa gueule. Emma, quant à elle, gazouille dans son lit, elle est calme ; j'aimerais réussir à me reposer, moi aussi.

Mon cœur tape dans mes tempes. Il a envie de s'arracher de ma poitrine pour aller rejoindre Giovanni. Je repense aux souvenirs qu'il a évoqués cette nuit. À nos deux corps jamais rassasiés. Il faudrait que j'aille mettre mon cul dans une bassine de glaçons pour me calmer.

C'est très étrange : mon corps est un paradoxe, en ce moment. Ma libido, qui s'était complètement fait la malle lors des derniers mois de grossesse, signe son grand retour depuis quelques semaines. Ou alors j'ovule à nouveau ; et là, vu mon état, si je croise une goutte de sperme, j'en fais des triplés.

Pour autant, certaines parties de mon corps ont changé à jamais. Mes seins, mes hanches, ma cicatrice sur le bas-ventre me rappellent sans cesse à ma maternité. Je dois apprendre à composer avec mes envies d'avant et la femme que je suis maintenant.

Ce n'est pas simple. Et personne ne nous prévient. Personne ne nous informe que c'est normal, qu'avec le temps tout rentrera dans l'ordre – ou pas.

Il faut que je me change les idées.

J'ouvre Snapchat.

Jessy, une de mes influenceuses préférées, montre son bébé à peine plus âgé que ma fille, sous tous les angles. Ces enfants ont fait une croix sur leur anonymat et leur vie privée en sortant de l'utérus de leur mère.

C'est un petit garçon appelé Jazone. Oui, Jazone, écrit comme ça. Et alors je ne veux pas dire qu'il est moche, mais, au début, je trouvais qu'il avait une tête étrange… Et puis j'ai compris. En réalité, il ne ressemble à aucun de ses parents – ce qui est totalement logique quand on y pense, puisqu'ils sont tous les deux complètement refaits. Résultat : les photos de famille sont franchement bizarres.

Aujourd'hui, Jazone a fait caca, et il a eu des nouvelles peluches réversibles qui, bien sûr, sont ses préférées puisque Maman et Papa les achètent sur Wish pour ensuite les revendre dix fois plus cher sur un site créé avant-hier.

Je suis peut-être une pigeonne, mais je ne suis pas complètement conne non plus.

« Alba ? »

Je sursaute. Je croyais Valentin endormi.

« Oui ?

— Depuis quand Giovanni est amoureux de toi ? »

# 40
# GABRIELLE

Je suis partie courir.

J'ai besoin d'évacuer ma tristesse.

Le sport m'aide à chasser les nuages de ma tête. Je me concentre sur mon corps, mes jambes, ma foulée, ma respiration. Chaque fois que j'expire, je me sens un peu plus légère.

Nino s'est mis très en colère. Je lui ai fait part de mon inquiétude parce qu'il n'était pas rentré de la nuit, et lui ai dit que j'aurais au moins aimé qu'il me prévienne.

Il a hurlé que je n'étais pas sa mère, qu'il n'avait pas à me demander l'autorisation de sortir – ce que je ne lui ai jamais demandé de faire.

Lorsque j'ai osé répondre qu'il n'accepterait jamais, lui, que j'agisse de la sorte, ça a empiré. Il m'a reproché de comparer l'incomparable, d'être une imbécile. Il a ajouté que, contrairement à moi, *lui* était responsable, qu'il était un homme et qu'il y avait donc moins de risques pour lui que pour moi de fréquenter un bar en pleine nuit, que je n'étais qu'une casse-couilles, incapable de comprendre qu'il avait besoin de se changer les idées, qu'il était en vacances après une année merdique, et qu'il avait bien le droit de profiter.

« T'as qu'à sortir faire la pute, si ça te chante ! »

La conversation s'est arrêtée là, et sur ce il est allé se coucher.

J'attendais tant ces premières vacances ensemble. J'espérais tellement être à la hauteur.

Peut-être que je n'aurais pas dû m'épancher. Il n'a rien fait de mal, après tout, c'est vrai. Je me suis inquiétée inutilement, comme toujours. Et puis, il a raison, je suis trop sur son dos.

J'arrive devant une église, un panneau indique : *Santuario Maria delle Grazie.*

Je reprends mon souffle et passe le porche. J'attrape un livret à l'entrée. Je suis heureuse de constater qu'une traduction en français y figure. J'y apprends qu'on vient ici confier ses peines à la Madone.

Je suis au bon endroit.

Je ne suis pas particulièrement croyante, mais je suis prête à mettre toutes les chances de mon côté pour que ma situation s'améliore.

La Vierge est présente partout.

Un groupe de femmes chantent, d'autres prient à genoux. Je prends place au fond, sur un banc frais ; je les écoute pendant de longues minutes. C'est joli et apaisant.

Un homme âgé s'arrête près de moi, il s'agenouille et marmonne des prières que je ne comprends pas. Les mains croisées contre son front, il semble quémander un miracle.

Je décide de l'imiter.

« Chère Madone,

On ne se connaît pas des masses, mais, comme toi, j'attends un bébé qui n'était pas prévu au programme. Je suis perdue, et je crois que j'aime son père plus qu'il ne m'aime en retour.

Je ne suis pas hyper douée en relations amoureuses, mais je me rends compte que ce n'est pas la folie.

Je ne te demande pas la lune, mais un petit coup de pouce ; entre femmes, on se comprend.

Envoie-moi un signe, s'il te plaît, quelque chose qui m'aidera à y voir plus clair et à trouver ma route.

Amen. »

Je la remercie, me lève, allume un cierge pour moi, et un pour le monsieur, qui prie toujours.

En sortant de l'église, je reçois quelque chose sur la tête.

Je pense à une goutte de pluie. Chaude, la goutte, et puis grosse aussi.

En fait, c'est une fiente de goéland.

Merci, Madone…

# 41
# ALBA

Il n'y a pas eu de cris.

Peut-être que plus le couple est vieux, plus les disputes sont calmes. À croire que la passion finit par quitter absolument tout, même les colères.

J'ai menti à Valentin : j'ai nié pour Giovanni. Mais j'ai aussi vidé mon sac.

Il semblait tomber des nues au départ, comme si nous ne vivions pas la même relation depuis quelques mois. Puis il a admis que nous rencontrions des problèmes, mais ceux-ci lui semblaient normaux. Il a mis ça sur le compte de la grossesse, puis de l'arrivée de notre fille.

« Ça chamboule forcément tout notre équilibre, mais ça ne remet pas en cause l'amour qu'on se porte, non ? »

Je n'ai pas répondu, car je ne sais pas. Et c'est un problème, de ne pas savoir.

Je lui ai reproché de ne plus me voir, lui ai avoué me sentir délaissée, comme les plantes qu'on achète pour son appart, et qu'on laisse ensuite crever.

Piqué à vif, il a rétorqué : combien je l'exaspérais à mon tour, à ne rien dire, à tout garder pour moi pour mieux exploser ensuite. Il m'a lancé que j'étais trop bordélique, pas assez organisée, qu'il en avait marre de tout gérer. Et puis que, à bien y réfléchir, lui aussi se sentait délaissé, qu'il y a bien longtemps que je ne l'avais pas regardé comme j'avais regardé Giovanni hier.

Ça a été la goutte d'eau. J'ai mis fin à la conversation, et j'ai fui parce qu'il avait prononcé beaucoup trop de vérités, difficiles à entendre.

Je me promène dans les ruelles de Procida. Même l'ombre ne peut rien contre la chaleur. J'ai envie de courir tout droit jusqu'à la mer et de plonger tout habillée.

Je m'arrête à un bar pour m'offrir une *granita* au citron. Pendant que je la déguste en terrasse sous le parasol, j'aperçois Gabrielle passer au loin.

« Gab ! »

Je lui fais un signe de la main, et elle approche de ma table.

« Je te commande la même chose ? »

Elle acquiesce. Semble lasse.

« T'as quoi sur la tête ?

— De la merde d'oiseau.

— Ma pauvre… C'est pas ta journée ! »

Je lui tends un mouchoir, elle essaie de nettoyer comme elle peut ; je vois bien qu'elle s'apprête à éclater en sanglots.

« Nino est un con. Je suis désolée, parce que c'est mon ami et que je n'avais rien vu jusqu'alors.

— Non, tu sais, me dit-elle, il n'a pas tous les torts. Je suis un boulet doublé d'une incapable.

— Il a vraiment réussi à te mettre ça dans la tête ?

— C'est la vérité, Alba. »

Alors je commence à la questionner.

Elle se livre sur son enfance, la mort de son père, la situation précaire de sa mère, son adolescence volée, les sacrifices, ses petits frères.

Elle me raconte son travail, sa passion, et ses yeux se mettent à briller.

Elle me dit sa fierté d'avoir obtenu le poste de responsable, me parle des hommes qui ont traversé sa vie, puis de sa rencontre avec Nino.

Je l'écoute attentivement et m'aperçois à quel point elle est jeune. Son visage sans la moindre ride, ses joues rosies, sa bouche charnue.

Par moments, on dirait encore une enfant ; pourtant, dans ce que j'entends, il y a aussi beaucoup de courage, de persévérance et de force.

Je comprends à quel point elle ne croit pas en elle, en ses capacités.

Ça a dû être extrêmement facile, pour Nino, de la faire douter encore davantage.

Gabrielle m'assure que Nino ne l'a jamais frappée, qu'il n'est pas du tout violent. Juste « colérique – tu sais, un Italien… »

Je lui explique que l'on peut être italien et ne pas être un connard. Elle sourit.

« Viens avec moi !

— On va où ? demande-t-elle.

— On va aller se baigner. Ça va nous rafraîchir les idées. »

# 42
# GABRIELLE

Il faut marcher quelques mètres sous le soleil brûlant avant d'atteindre une petite plage quasi déserte.

« Tu connais l'île comme ta poche, fais-je remarquer à Alba.

— Trente-huit ans que je la pratique ! Et puis, elle est minuscule.

— Tu venais ici en vacances avec ton père, c'est ça ?

— Oui. Je le voyais très peu le reste de l'année. C'est un homme d'affaires, et il n'était presque jamais à Paris. Mais il me consacrait juillet et août tout entiers. Il avait acheté la maison avant ma naissance, sur un coup de tête, la première fois qu'il était venu à Procida avec ma mère. Il me l'a offerte à mes dix-huit ans, en souvenir de tous nos étés. »

Je repense à mes dix-huit ans à moi. En plus de mon alternance, je bossais au McDo les week-ends, pour pouvoir me payer le permis, et pour aider ma mère à régler quelques factures. Nous n'avons vraiment pas eu la même vie, Alba et moi. Pourtant à aucun moment depuis mon arrivée elle ne m'a fait ressentir cette différence de milieu.

Elle poursuit.

« J'ai eu un prof d'italien dès l'âge de trois ans. Mes grands-parents paternels avaient bien des origines italiennes, mais mon père ne parlait pas un mot de cette langue. Alors il a tenu à ce que j'apprenne. Et puis, de pouvoir pratiquer deux mois par an, c'est un vrai luxe… Je suis tombée amoureuse de ce caillou, des gens d'ici, de leur rythme et de leur mentalité. Sur cette île, on a l'impression que rien n'est grave. Ils prennent tout avec philosophie. C'est un tel contraste avec Paris ! Deux mondes totalement opposés.

— C'est *la dolce vita*, quoi.

— Voilà, c'est ça. »

Elle retire sa robe. C'est la première fois que je la vois en maillot.

« Il te va super bien !

— Merci, me répond-elle en tournant sur elle-même. J'ai décidé d'arrêter de cacher mon corps. Car il semble encore digne d'intérêt… »

Elle rit, court et plonge dans la mer. Je n'ai pas mon maillot, mais je retire mes baskets, mon short et mon T-shirt, et je la rejoins en culotte et brassière de sport. Comme ça fait du bien !

Nous restons quelques minutes en silence, à faire la planche et à profiter du calme. Puis ma curiosité prend le dessus.

« Alors, ça a été, la fin de soirée avec Giovanni ?

— Oui… Ça a été très dur de lui résister, mais j'ai tenu bon. Je sais que je devrais mettre fin à ce petit jeu stupide, mais je n'en ai absolument pas envie.

— Tu ne fais rien de mal.

— Mouais… Et toi, comment tu te sens ?

— Toujours aussi perdue. J'ai bien essayé de parler à Nino. Mais il ne veut pas penser à ça pendant les vacances. Je ne peux pas m'empêcher de le comprendre.

— Je trouve que tu le comprends beaucoup, Gabrielle. Mais que l'inverse n'est pas forcément vrai. »

Je ne réponds pas.

Je m'en veux de donner une telle image de Nino. Tout n'est pas noir, il a énormément de qualités, et je l'aime de tout mon cœur.

Je tente de dévier la conversation.

« Je peux te demander une faveur ?

— Bien sûr.

— Est-ce que tu peux me parler de ta grossesse, de ton accouchement, des jours qui ont suivi ? Mais m'en parler sans filtre. Je veux connaître le bon et le moins bon, avoir toutes les cartes en main pour prendre ma décision. »

Elle accepte, et nous nous asseyons au bord de l'eau. La mer vient nous caresser des pieds jusqu'au ventre.

Alba m'explique qu'elle a eu une grossesse quasi idyllique.

« Un peu de nausées au début, mais rien de méchant. Le seul truc, c'est que je m'endormais partout. Tout le temps. Les quatre premiers mois, c'était l'enfer. Je n'arrivais pas à me défaire de cette fatigue. Puis l'énergie est revenue, c'était génial. Et... les hémorroïdes, aussi. Ça, c'était moins génial. J'étais constipée comme pas permis, mes intestins avaient lâché l'affaire. Je me suis nourrie de pruneaux pendant des mois alors que je déteste ça ! Et je ne chiais pas plus pour autant. »

Je souris, mi-amusée mi-inquiète. Alba continue sur sa lancée.

« J'avais des cheveux merveilleux. Une tignasse... tu aurais vu. Et puis des ongles forts, et une peau sublime. Un peu grasse, mais sublime. Ensuite, une nuit, au septième mois je crois, j'ai été réveillée par un picotement dans les jambes. Je ressentais un besoin de les bouger sans cesse. C'était terrible, parce que ça ne se calmait pas. J'ai appris que ça s'appelait des impatiences, ou le syndrome des jambes sans repos. J'ai cru devenir folle ! Ma gynéco m'a dit que c'était normal, que ça arrivait parfois, et que c'était peut-être dû à ma prise de poids. (À ce moment-là, j'en étais déjà à plus quinze kilos. Mes guiboles ont dû paniquer et se dire qu'elles ne parviendraient plus jamais à me porter si je continuais ainsi.) La fin de la grossesse a été plutôt calme. L'accouchement pas vraiment idyllique, puisqu'il s'est terminé en césarienne. Mais il ne m'a pas traumatisée non plus. Non, le véritable enfer… ça a été la première semaine de post-partum. Entre la douleur aux seins, la cicatrice liée à l'opération et les nuits hachées, là, oui, je peux te dire que ça n'a pas été simple. Ah, et puis aussi : je n'ai pas pu manger pendant trois jours, parce que chaque fois que les infirmières venaient me demander si j'avais eu des gaz (pour savoir si mes intestins s'étaient bien remis en marche), Valentin était présent, alors je répondais que non. Et donc, elles ne me filaient pas à bouffer.

— Mais non !… Tu ne voulais pas le dire devant ton mari ?

— Non. C'est complètement con, je sais, surtout qu'il m'a vue avec le vagin explosé, mais ça, je ne peux pas. J'essaie de garder disons… une part de *mystère* ! Mais j'avais la dalle, et tellement de gaz que j'aurais pu faire tourner une usine ! »

Je pars dans un fou rire incontrôlable.

« Je te comprends, je suis pareille. Je suis assez pudique sur le sujet.

— Toi aussi tu as des stratagèmes quand tu vas faire caca, alors ?

— Le papier toilette au fond de la cuvette ? Le robinet qui coule ? Évidemment ! »

Comme c'est bon, ce moment suspendu.

Mais c'est déjà la fin de la récréation : le haut du maillot d'Alba, pourtant sec, se tache de deux grosses auréoles.

« Oups ! C'est l'heure de la tétée, on dirait. Je dois y aller. »

# 43
# ALBA

Valentin n'aime pas le conflit, il le fuit comme je fuis la pizza à l'ananas, les bruits de bouche et la panière de linge à ranger qu'il continue d'entreposer dans le couloir menant à notre chambre, dans l'espoir que je m'en occupe.

Mon mari a passé le reste de la journée à essayer de me faire oublier la dispute du matin.

Il a été plus rapide que moi. C'est lui qui a organisé un dîner à deux. Il a demandé à Rosa si elle pouvait garder Emma. Elle a accepté avec joie. Nous avons déposé la petite chez elle avant de sortir, et j'en ai profité pour embrasser Nando, Ferdinando de son vrai prénom.

J'aime beaucoup cet homme bourru au grand cœur. Il a toujours une anecdote folle à raconter. Ce soir, il a tenu à nous parler de la fois où il a vendu un magnet de l'île à Jacques Chirac.

« Bon, d'accord, il n'était pas encore président, précise-t-il. Mais quand même ! »

Sa petite boutique lui manque terriblement, et il s'ennuie de ses clients.

« La retraite, c'est pas pour moi ! »

On ne s'attarde pas. Je presse même un peu Valentin, qui resterait bien là à discuter et à grignoter tout ce que Rosa a entrepris de sortir de ses placards depuis dix minutes. J'ai trop peur que Giovanni débarque.

« Passez une bonne soirée, les amoureux ! nous dit-elle. Ne vous inquiétez pas pour cette petite paupiette, elle est entre de bonnes mains ! »

Je n'en doute pas un seul instant. Je rêverais d'emmener Rosa à Paris pour qu'elle soit la nounou d'Emma.

Pour le moment, avec le télétravail, on arrive à s'organiser. Mais bientôt, il faudra trouver un mode de garde, et rien que l'idée de laisser mon bébé à une inconnue me tord le bide.

Valentin embrasse notre fille, salue Ferdinando et sa femme, puis m'entraîne dehors.

Nous marchons, main dans la main, jusqu'au restaurant qu'il a réservé. La soirée est agréable. Les cigales font une pause, comme chaque soir à cette heure, et on s'entend enfin parler.

Je suis légèrement mal à l'aise – ce qui est très étrange, car s'il y a bien *une* personne sur cette Terre avec qui je n'ai jamais ressenti cela, c'est Valentin. Cette distance qui s'est invitée à la table de notre couple est en train de tout gâcher.

Va-t-on parler de nos problèmes, ou alors faire l'impasse pour profiter de cette soirée de répit ?

Je le laisse choisir. Je suis à peu près certaine qu'il optera pour la seconde solution.

« Alors, pas trop stressée par la finale ? me demande-t-il.

— Arrête, je vais me mettre à hyperventiler. »

Il rit.

« J'adore te voir dans cet état.

— Quel état ? Proche de la crise cardiaque ?

— J'ai remarqué que, lorsque tu regardes un match de l'Italie, tu es la *vraie* Alba.

— C'est-à-dire ?

— Tu vis le truc tellement intensément que tu ne t'occupes pas de ce qu'il y a autour, du regard des autres. C'est passionnant à voir. D'ailleurs, c'est ce que je préfère dans les matchs de la Squadra : toi. »

Je rougis. Cela faisait un petit bout de temps que je n'avais pas reçu un compliment aussi touchant de mon mari.

Il commande une bouteille de vin. Je préviens que je ne boirai qu'un verre : je n'ai pas tiré suffisamment de lait. Je l'observe discuter en italien avec le serveur. Son accent me fait toujours autant craquer. Dès le début de notre relation, il a compris l'importance de l'Italie dans ma vie ; alors il s'est adapté, il a commencé à suivre des cours sur une appli, et il y a très vite pris goût, au point de passer aux cours du soir. À la maison, très souvent, il me demande de lui parler en italien pour qu'il puisse pratiquer, et je dois dire qu'en quelques années sa persévérance commence à porter ses fruits.

Il est comme ça, Valentin : il se fixe des objectifs, et il les atteint.

Vu de l'extérieur, ça paraît tellement naturel et simple ; c'est fascinant.

Nos plats sont servis. J'ai pris un *fritto misto*, et lui des *spaghetti allo scoglio*. La mer est dans nos assiettes.

C'est agréable de manger chaud, assis, ensemble. Ça ne nous arrive plus très souvent.

(Et je tâche d'oublier un instant nos bruits de mastication.)

« J'ai un peu discuté avec Nino, tout à l'heure, me précise Valentin.

— Ah ?

— Je lui ai dit qu'il déconnait, et qu'il n'était pas très sympa avec Gab. Mais il m'a répondu qu'elle est plus maligne qu'on ne le pense, et qu'il n'est pas le méchant de l'histoire. Selon lui, elle sait comment le pousser à bout.

— Et toi, tu l'as cru ?

— Non. Enfin… Je ne sais pas. C'est mon meilleur ami, c'est un mec bien. Ça, j'en suis sûr. Et tu partageais mon avis jusqu'alors…

— Ouais, enfin…

— Assez parlé d'eux, d'accord ? » me coupe Valentin.

Il déplace sa chaise pour s'approcher de moi, prend ma main dans la sienne, l'embrasse.

« Une petite promenade sur la plage après le dîner, *Signora* ? »

Nous retirons nos chaussures. Le sable est frais sous nos pieds, la Lune immense au-dessus de nos têtes.

Sur un coup de tête je retire ma robe et j'avance vers la mer.

« Tu viens ? »

C'est une invitation qui ne se refuse pas, normalement.

« Euh, mais on n'a même pas de serviette ! Ça va être compliqué pour rentrer ensuite, non ? »

Et pourtant…

## 44
## GABRIELLE

« Je rejoins des potes pour boire un verre. J'imagine que tu ne viens pas ? »

Nino me dépose devant la maison après un rapide dîner à deux, pendant lequel j'ai eu l'impression d'être seule.

« Tu n'as pas envie que je vienne ?

— On va picoler et parler italien... Tu risques de t'emmerder, non ? Je dis ça pour toi, moi.

— Tu as sûrement raison. Oui, je vais rester là. »

Il m'embrasse, repart aussitôt. Je ravale ma déception.

Je m'installe dans notre chambre, un masque sur le visage, un autre dans les cheveux, et un épisode d'un docu consacré à un *serial killer* américain sur Netflix. Finalement, ce n'est pas si mal, comme fin de soirée.

Il est presque minuit quand j'entends toquer à ma porte. C'est Alba.

« Je ne te dérange pas ?

— Non, pas du tout, entre.

— Tu es seule ?

— Oui. Nino est sorti avec des copains, moi j'étais fatiguée... Ça a été, ta soirée ?

— Super. C'était délicieux, et ça fait du bien de se retrouver. »

Le silence s'installe. On ment assez mal, toutes les deux. Elle finit par craquer la première.

« Il n'a pas voulu prendre un bain de minuit avec moi parce qu'on n'avait pas de serviette ! Et je suis consciente que c'est ridicule d'être déçue pour ça, je le sais, d'autant que le reste de la soirée était vraiment agréable. Mais il n'aurait pas hésité, avant. Et aussi : je n'ai pas arrêté de me dire que Giovanni, lui, n'aurait jamais dit non. »

Je me lance à mon tour.

« Je n'étais pas du tout fatiguée. Nino m'a clairement fait comprendre qu'il ne voulait pas de moi pour la fin de la soirée. Alors je regarde des reportages sur des psychopathes pour me détendre. »

On soupire simultanément.

« Tu sais quoi ? me demande Alba. J'ai une idée. On va partir deux jours à Ischia entre filles. C'est à trente minutes de bateau, l'île est vraiment jolie, tu vas adorer ! Je connais un hôtel super où on pourra se faire chouchouter.

— Mais Nino ne voudra jamais !

— Laisse-moi m'occuper de Nino. Si ça te va, j'en fais mon affaire. Prépare quelques vêtements. On prendra le *traghetto* demain, dans l'après-midi. Ça va nous faire le plus grand bien ! »

Je suis à la fois excitée et terrifiée par cette idée.

Nino ne me pardonnera jamais de partir sans lui deux jours. Il risque de me faire payer cette escapade.

Mais, pour la toute première fois, je décide de m'en foutre.

## 45
## ALBA

Rosa arrive à la maison pendant que j'allaite Emma.

« Coucou, ma jolie ! Je reviens de chez le poissonnier, je passe vous apporter des beignets pour le petit déjeuner.

— Tu es la plus gentille, tu le sais, ça ?

— Je suis en congé, enfin, pour quinze jours. J'ai tellement besoin de souffler, si tu savais. »

Une idée me traverse l'esprit.

« Rosa, ça te dit, deux, trois jours à Ischia entre filles ? »

Son regard s'illumine.

« Comment ça ?

— On part, Gabrielle, Emma et moi, cet après-midi. Joins-toi à nous !

— Mais… Nando ?

— Alors, on le fait justement pour ça, pour se retrouver sans les mecs. Ferdinando peut bien se débrouiller quarante-huit heures sans toi, non ? Et puis, Giovanni est là ! OK, ce n'est pas un grand cuisinier, mais il pourra nourrir son père pendant ton absence, si c'est ce qui t'inquiète. Juste deux petites nuits, Rosa… Tu les mérites. Et j'ai *très* envie de t'offrir ça. »

Elle hésite, j'enfonce le clou.

« Depuis combien de temps tu n'as pas profité d'un moment rien que pour toi ? Ton mari, ton fils, tes patients : ce sont tes priorités depuis *toujours*. Tu as le droit, pour une fois, de te reposer un peu. »

Les larmes lui montent aux yeux.

« Je vais préparer mes affaires ! On embarque à quelle heure ? »

Après son départ, j'explique à Valentin mon besoin de prendre l'air. Il comprend. Valentin comprend toujours.

Il me demande de lui confier Emma, pour que j'en profite pleinement. Il lui donnera du lait maternisé, elle en a déjà eu quelques fois.

Mais je ne sais pas, je n'ai jamais été séparée de mon bébé si longtemps. J'hésite et me laisse encore quelques heures pour y réfléchir.

Nino et Gabrielle s'installent pour le petit déjeuner. Je sens Gab tendue ; elle doit appréhender mon annonce. J'attends le bon moment – je commence à cerner le fonctionnement du *vrai* Nino, et je parie qu'il ne fera jamais de scène devant nous.

Il se sert un café, je lui tends son croissant préféré, fourré au Nutella, et j'attire ma proie dans mon piège.

« Gabrielle, j'ai une surprise pour toi ! J'ai organisé une petite virée entre filles à Ischia. On part cet après-midi, avec Rosa et Emma. Ce sera pour toi l'occasion de découvrir l'île ! Les garçons, ne m'en voulez pas : je sais que vous préférez Procida, et puis c'est ma façon de remercier encore une fois Gabrielle pour le shopping, et Rosa pour le baby-sitting. »

Nino lève un sourcil derrière sa tasse qu'il repose lentement, puis il guette la réaction de Gabrielle. Valentin comprend et vient à mon secours.

« Mais génial ! Ça va vous faire du bien. Très bonne idée, Alba. Hein, Nino ? On peut bien se passer de nos petites femmes deux jours ?… »

Il est obligé d'acquiescer.

« Oui, bien sûr, mais vous revenez pour la finale, on est d'accord ?

— Évidemment ! *(J'en fais des tonnes.)* Alors, Gab, ça te tente ?

— Eh bien, si ça ne dérange pas Nino…

— Je ne vois pas pourquoi ça me dérangerait, enfin, qu'est-ce que tu racontes ?! *(Il lui sourit en lui caressant le genou.)* Et puis, tu es entre de bonnes mains : Alba est la meilleure des guides. »

Il semble sincère, mais je devine qu'il ne l'est pas, car Gabrielle n'arrive pas, malgré tout, à se détendre. Mon cœur se serre de la voir ainsi. Comment aurais-je pu imaginer une seconde que l'on puisse craindre Nino à ce point ?

Nous décidons d'aller à la plage quelques heures, puis de partir dans la foulée avec le *traghetto* du milieu d'après-midi.

Tandis que je profite du soleil pendant qu'Emma fait la sieste, mon téléphone vibre.

Une vieille photo de Giovanni et moi s'affiche.

Je l'avais prise avec un Polaroid, je m'en souviens parfaitement. C'était la veille de mon retour à Paris.

Sur le cliché, Giovanni me tient les joues, et on me voit rire alors qu'il tente de m'embrasser.

J'ouvre le message.

Tu me rends fou, Alba.

Sors de ma vie, putain.

# 46
# GABRIELLE

Alba pleure en quittant la maison. Elle a finalement décidé de laisser Emma, mais son cœur de maman ne semblait pas tout à fait prêt.

Je devine que Rosa tente de la rassurer, mais cela n'a pas l'air de bien fonctionner.

Nino ne m'a pas fait de scène. J'ai compris à son expression que ça lui avait demandé un effort, mais il a baissé la garde. Je ne sais pas pourquoi, je ne suis pas soulagée pour autant.

Il est 17 heures lorsque nous arrivons à Ischia. Un vieux monsieur, avec un taxi trois roues décoré de tout un tas de bricoles improbables, s'empresse de charger nos sacs à l'arrière de son engin pour nous conduire à l'hôtel.

L'île est beaucoup plus grande que sa petite sœur Procida ; Alba m'explique qu'ici il y a plusieurs communes, et plus de soixante mille habitants.

Notre hôtel se situe à Barano d'Ischia. La vue est tellement folle que je ne sais plus où regarder. Nous avons chacune notre chambre, une piscine commune qui domine la mer, et même accès à une plage privée. Rosa non plus n'est pas habituée à tout ce luxe, ses yeux sont écarquillés autant que les miens.

Nous sommes toutes les deux assez mal à l'aise de ce cadeau – Alba a tenu à tout payer ; jamais personne n'a eu de tels égards pour moi.

« Acceptez, s'il vous plaît, nous a-t-elle dit. Je suis heureuse d'être ici avec vous, vraiment. »

Rosa précise, un peu gênée, que, malgré la proximité, elle n'est venue que rarement à Ischia, et n'est jamais restée plus que quelques heures. Et qu'il était grand temps, pour elle, de remédier à cette aberration !

Je me rends compte que je n'ai pas regardé mon téléphone depuis plus d'une heure. Je fouille dans mon sac pendant que nous descendons vers la plage : sept appels en absence, tous de Nino.

Je découvre aussi les textos.

Réponds !
Tu fais quoi ?
Bah alors ?

Mon cœur s'emballe.

Je le rappelle immédiatement, mais, cette fois, c'est lui qui ne décroche pas. Je pianote un message.

Désolée, mon amour ! On s'installait à l'hôtel,
je n'ai pas entendu le téléphone,
j'espère que tout va bien.
Ici, tout est magnifique. Je t'aime.

Je garde mon iPhone dans la main pour ne plus rater d'appel.

Une fois sur la plage, Alba nous explique que l'on va prendre un taxi. Je crois à une blague, mais je la vois lever la main et faire signe à un homme juché sur un petit bateau stationné à quelques mètres du rivage. Direction Sant'Angelo, que l'on aperçoit d'ici. Nous y serons en quelques minutes. La traversée est agréable, j'en prends plein les yeux. Jamais il ne m'a été donné d'admirer autant de beauté. J'essaie de ne pas penser à Nino, qui doit être furieux, pour profiter pleinement de ce moment.

Rosa mitraille avec son téléphone ; elle nous invite à poser ensemble, Alba et moi, et je m'aperçois qu'il s'agit de notre première photo toutes les deux.

J'ai perdu de vue le peu d'amies que j'avais – si ce n'est Valérie –, je prends conscience de n'avoir compté que sur les hommes qui se sont succédé dans ma vie. Je crois ne m'être jamais vraiment sentie à la hauteur d'une relation avec une autre femme – je me demande ce que je pourrais lui apporter ; avec un homme, c'est plus simple, je sais ce qu'ils veulent de moi, et je suis plutôt douée pour le leur donner.

Mais une femme ?

Je ne suis pas très cultivée, pas particulièrement drôle ou fun… Je ne comprends donc pas pourquoi Alba est si gentille avec moi.

Peut-être parce que Nino est son ami, tout simplement ?

Nous arrivons à destination, et c'est un petit village pittoresque qui nous accueille.

Je ressens une gratitude immense à cet instant précis, et je ne sais comment l'exprimer.

Alors je me contente de serrer Alba très fort dans mes bras.

# 47
# ALBA

J'adore cet endroit.

Sant'Angelo, c'est à mon sens le petit bijou d'Ischia.

Je m'attendais à y trouver plus de monde, mais la saison démarre doucement, cette année. Nous profitons des derniers rayons de soleil autour d'un *aperitivo.*

Ça a été difficile de quitter ma fille, mais Valentin avait raison : pour une vraie coupure, je devais partir sans elle. Pendant quarante-huit heures, je vais essayer de n'être la femme, la mère ou l'ex de personne. Juste moi, Alba. Pour me retrouver, me faire chouchouter, et démêler mes émotions.

Rosa me fait rire : elle s'extasie d'à peu près tout, elle ne cesse de répéter qu'elle a bien fait d'accepter mon invitation. Elle m'a avoué avoir quand même préparé des plats d'avance pour son mari et son fils, « histoire d'avoir la conscience tranquille » ; ils n'auront qu'à les réchauffer pour ne pas mourir de faim en attendant qu'elle revienne.

Gabrielle semble agitée et regarde frénétiquement son téléphone.

« Tout va bien, Gab ?

— Oui oui, juste : j'ai raté l'appel de Nino tout à l'heure, et là, je n'ai pas beaucoup de réseau. »

L'emprise qu'il a sur elle me saute maintenant aux yeux. J'aimerais lui confier que ce n'est pas normal, mais je ne suis pas sûre d'être en droit de lui soumettre mon avis. Et puis, je suis mal placée pour donner des conseils sur la vie de couple, en ce moment…

Je songe en permanence à Giovanni. Je n'ai pas répondu au texto de ce matin, mais c'est une lutte de chaque instant.

L'idée de tout quitter pour lui m'effleure l'espace de quelques secondes. Je la chasse aussitôt.

Il faut vraiment que j'arrête de boire, je ne tiens plus l'alcool.

Histoire de continuer à me torturer, j'interroge Rosa à son sujet.

« Et Giovanni, alors, toujours célibataire ?

— Oh, m'en parle pas, je désespère ! Il a quitté une fille avec qui il était depuis trois ans, cet hiver. Elle était adorable, belle comme un cœur, intelligente. Je ne sais pas ce qu'il lui faut, je ne le comprends pas. Il ne t'a rien dit, à toi ? »

Retour de bâton, c'est bien fait pour ma gueule.

« Non, pas vraiment.

— Je le trouve particulièrement préoccupé. Une mère *sent* ces choses-là, tu sais. Mais il ne me raconte rien, cette tête de mule. Tu le connais : c'est un garçon joyeux, toujours de bonne humeur… Ça ne lui ressemble pas d'être comme ça ! Je m'inquiète.

— Il a peut-être des soucis au travail, Rosa. Ça a été une année compliquée pour tout le monde.

— Oui, peut-être. Mais quand même, je ne l'ai jamais vu dans un tel état… Sauf il y a dix ans. Là, ça avait vraiment été compliqué. »

J'ai peur de la réponse, mais je pose malgré tout la question.

« Il y a dix ans ? Que s'est-il passé, il y a dix ans ?

— Il a fait une grave dépression, tu ne savais pas ? Nous n'avons jamais compris ce qui l'avait déclenchée. J'ai dû m'occuper de lui comme on s'occupe d'un enfant. Il n'avait plus le goût à rien. Il lui a fallu des mois pour remonter la pente. Ça a été terrible. »

Nous rentrons à l'hôtel après un dîner qui, aux dires de Gabrielle et de Rosa, était excellent. Moi, j'étais ailleurs. Je n'ai senti aucun goût, aucune texture, aucune odeur. J'étais comme anesthésiée.

Je n'ai pas arrêté de me demander si j'avais été la cause de la souffrance de Giovanni. Et si oui, pourquoi ? Pourquoi m'avoir quittée ainsi, pour le regretter ensuite ?

Je dégaine mon téléphone pour en avoir le cœur net.

« Gio ?

— Oui ? C'est la première fois que tu m'appelles comme ça, et je crois que ce n'est pas bon signe. Je me trompe ?

— Pourquoi tu m'as quittée ? Pourquoi tu n'es pas venu sur le quai ? Pourquoi tu ne m'as jamais rappelée, putain de merde ??? POURQUOI ? »

Je m'aperçois que j'ai hurlé, et que ça m'a fait du bien. Cette question était coincée depuis si longtemps dans ma gorge qu'elle m'empêchait de respirer profondément.

« Alba, j'ai longtemps pensé inventer une excuse qui puisse tenir la route, mais je t'ai fait assez souffrir, et je te dois la vérité. Le problème, c'est que la vérité est aussi bête que je l'ai été. La seule raison est que j'étais un lâche. J'avais à peine plus de trente ans, et je n'avais pas envie d'une histoire sérieuse tout de suite. Or, je savais pertinemment que c'est ce que tu aurais été. Parce que tu étais la femme de ma vie, Alba. Tu l'es toujours. C'est pour ça que tu ne sors pas de ma putain de tête. Et moi, je n'avais pas envie de m'engager, pas envie d'une histoire compliquée à distance, pas envie de renoncer à toutes les autres femmes. Et pourtant, c'est quand même ce qui m'est arrivé, car personne, depuis, n'a réussi à prendre la moitié de la place que tu occupes dans mon cœur. J'ai merdé, Alba, je l'ai su dès ton départ. Je m'en suis tellement voulu ! Et je m'en veux encore. S'il te plaît, laisse-moi te voir, te parler.

— Je te hais, Giovanni. Je te jure que je te hais autant que je t'ai aimé !

— Dis-moi que tu ne ressens plus rien pour moi, et je te ficherai la paix, je te le promets…

— …

— Alba ? »

# 48
# GABRIELLE

Nino ne m'a jamais rappelée. J'ai essayé de le joindre plusieurs fois, en vain. J'ai envoyé des textos, des photos : rien. Aucune nouvelle.

Je n'ai quasiment pas fermé l'œil de la nuit, et, ce matin, le buffet du petit déjeuner me fait autant envie qu'il me donne la nausée.

Alba non plus n'a pas l'air en forme. Elle tente de masquer ses yeux derrière ses lunettes noires, mais elle ne dupe personne.

Rosa est la plus fraîche et reposée d'entre nous. Elle a beaucoup trop d'énergie de bon matin et, avec son humeur joyeuse, elle arrive à m'arracher un sourire, alors que je ne comprends rien de ce qu'elle me raconte.

Enfin si, je comprends deux mots : « *mangia* » et « *bella* » – qui se suivent souvent, d'ailleurs. Elle semble obsédée par le fait que je mange.

C'est étrange d'être si maternelle avec une inconnue. Ma propre mère ne l'a jamais été. Peut-être l'était-elle avant la disparition de Papa, mais je ne m'en souviens pas. Je n'ai que l'après, le mode survie.

Elle a réussi à faire en sorte qu'on ne manque jamais de rien, mais elle n'avait plus le temps pour l'affection, pour les câlins, pour l'amour. Sur sa liste des tâches à accomplir, figurait en premier lieu : remplir le frigo, habiller trois enfants, surmonter le chagrin, survivre, et le reste passait après.

Et quand elle a enfin remonté la pente, j'imagine qu'il était trop tard pour rattraper le temps perdu. Pour faire marche arrière. Ce n'est pas comme le vélo : donner de l'affection s'oublie, il faut croire.

Je ne lui en veux absolument pas. Je lui suis très reconnaissante pour tout ce qu'elle a entrepris, pour mes frères et pour moi. J'aurais été, je pense, incapable de surmonter ce qu'elle a vécu.

Je touche mon ventre en songeant à tout cela. J'espère que je serai une mère à la hauteur.

Alors je vais commencer par écouter les conseils de Rosa, et manger.

Le bus après le petit déjeuner, ce n'était pas l'idée du siècle. Il est 9 heures, il fait déjà chaud, et, entre le masque et la conduite à l'italienne, je ne sais pas combien de temps mes tartines et mon cappuccino tiendront dans mon estomac.

Une seconde après être descendue, je vomis tout sur le trottoir. Parfait timing.

« Gab, ça va ? Dis, Rosa me demande si tu es enceinte… Non, pardon : Rosa me signale qu'elle *sait* que tu es enceinte ! Mais je peux nier, si tu veux.

— Non, tu peux lui dire, aucun problème. »

Je comprends à la réaction mesurée de Rosa qu'Alba lui explique que je suis effectivement enceinte, mais encore incertaine sur l'avenir de cette grossesse.

« Rosa me dit de te dire qu'elle est certaine que tu seras une bonne maman… Quand tu auras décidé de l'être. »

Et je crois que c'est la chose la plus gentille que l'on m'ait dite depuis longtemps.

Nous arrivons aux jardins de la Mortella. Alba tenait absolument à nous y emmener.

« Ce lieu a été créé par Susana Walton, nous précise-t-elle. Et vous allez voir, c'est un havre de paix. »

Et c'est exactement ça : un havre de paix.

Si le paradis existe, il doit sans aucun doute ressembler à la Mortella. Du vert à perte de vue, des fleurs de toutes les couleurs, des nénuphars qui abritent des grenouilles, et le chuchotis hypnotisant d'un ruisseau.

Je n'ai jamais vu d'arbres si hauts, des pins parasols géants, avec le pouvoir d'offrir ombre et fraîcheur à une île qui brûle au soleil.

Rosa n'arrête pas de répéter : « *Mamma mia ! Mamma mia ! Che bellezza !* »

*Mamma*, « Maman » : c'est le premier mot qui vient aux Italiens lorsqu'ils ressentent une émotion forte.

Je l'avais déjà remarqué avec Nino, il dit « *Mamma mia* » pour exprimer à peu près tout.

La peur, l'exaspération, la joie.

Les mères italiennes dominent le monde.

Pendant plus de deux heures, nous nous perdons et nous laissons guider dans les allées et les bosquets.

Deux heures pendant lesquelles j'arrive à profiter du moment présent, à m'abandonner à sa douceur, sans penser au futur ni à ce qui s'accroche à mon ventre.

Sans penser à Nino, ni à sa rancune future – moi qui ai osé, pour la toute première fois, vouloir vivre ces instants sans lui.

# 49
# ALBA

J'ai l'impression de foncer dans un mur.

De le voir arriver, et d'y aller quand même, en me convainquant moi-même que j'aurai bien le temps de freiner avant de me le prendre en pleine gueule.

J'ai appelé Valentin ce matin. Sa voix chaude a été un réconfort, et un coup de poignard.

Il n'a pas arrêté de me répéter que tout allait bien, qu'Emma mangeait, que je ne devais pas m'inquiéter. Qu'il était heureux que je me sois accordé cette parenthèse, qu'il sentait que j'en avais besoin. Et qu'il avait hâte de me retrouver.

Je lui ai dit « moi aussi », et puis « je t'aime » ; et ce n'était pas un mensonge, mais ce n'était pas tout à fait la vérité non plus. À partir de combien de temps dit-on « je t'aime » comme on dit « bisous » ?

Il en va de même pour le mot « maman », finalement. On a hâte de l'entendre, les premières fois sont magiques ; ensuite, l'enfant se met à le prononcer à toutes les sauces, et ça devient banal, normal, voire parfois agaçant.

J'aime encore Valentin, j'en suis certaine.

Y a-t-il une jauge à l'amour ? Quelque chose pour mesurer l'intensité, une formule mathématique qui multiplierait la passion par l'attirance et soustrairait les manies exaspérantes afin de donner un résultat qui affirmerait, si oui ou non, c'est encore suffisant pour continuer à vivre ensemble ?

Et puis, qui a pondu cette idée d'amour unique, de grand amour, d'amour toujours ? Pourquoi ne pourrait-on pas avoir plusieurs amoureux, alors qu'on peut avoir plusieurs amis ? Pourquoi, au moindre doute, au moindre écart, doit-on tout remettre en question ?

Est-ce que penser à Giovanni jour et nuit depuis mon arrivée fait de moi un monstre ? Suis-je déjà en train de tromper mon mari ? Pourquoi m'est-il si difficile d'envoyer mon ex se faire voir, et pourquoi ses propos me font-ils autant de bien que de mal ?...

J'ai le tournis. Rosa remarque que j'ai la tête ailleurs. Elle me caresse le bras.

« *Tutto bene ?* »

Tout va bien, ma Rosa – à part ton fils, qui fout le bordel dans mon cœur, lequel n'était déjà pas hyper bien rangé.

Je me demande ce qu'elle dirait si elle savait. Je crois que l'idée ne lui a même jamais traversé l'esprit. Giovanni et moi étions selon elle comme des frère et sœur, des cousins. Il n'y a jamais eu d'ambiguïté dans les yeux de Rosa, jamais d'allusion, de petite remarque.

Elle pense que nous nous sommes perdus de vue par la force des choses, à cause de l'éloignement, et puis du travail, de nos congés décalés qui ne nous donnaient plus l'occasion de nous voir sur l'île.

Je crois qu'elle en souffrirait, qu'elle se dirait que c'est un beau gâchis, qu'on a foutu en l'air une amitié exceptionnelle pour une passion de deux mois.

Et elle aurait raison.

La passion gâche toujours tout. Quand elle est là, elle brûle tout sur son passage ; quand elle s'en va, on ne voit plus que les cendres.

Le serveur s'approche de notre table et nous demande si nous souhaitons un dessert. Je commande un café, la même chose pour Rosa.

« Pour moi, un cappuccino s'il vous plaît, dit Gabrielle.

— Euh, après le déjeuner ? je réplique.

— Oui, pourquoi ?

— Pour rien… »

Le serveur se penche vers moi.

« Elle a dit qu'elle voulait un cappuccino ?

— Quoi ? renchérit Rosa, elle veut un cappuccino ?

— Oui. Elle est française… »

Il lève les yeux au ciel et tourne les talons.

« M'enfin, c'est quoi le problème ? » insiste Gabrielle.

Je souris, et je lui explique que, en Italie, le cappuccino, c'est la boisson du matin. On le consomme avec un *cornetto* pour démarrer la journée. Tout le reste du temps, on boit du café – serré, bien sûr.

« En gros, Gab, c'est comme si tu demandais un croissant au dessert.

— Ah, d'accord ! Vous ne rigolez pas, ici, avec le café. »

Le serveur revient, apporte notre commande, et me précise :

« Bon, ça, c'est cadeau. Je ne peux quand même pas te faire payer un cappuccino au déjeuner ! »

# 50
# GABRIELLE

Programme de l'après-midi : massages.

Une première pour moi. Je ne me suis jamais fait masser dans un institut.

J'entre dans la cabine plongée dans la pénombre ; des bougies et une musique relaxante viennent réchauffer l'ambiance. Une toute petite dame d'une cinquantaine d'années me tend ce que j'imagine être un string jetable. Elle me parle, je hoche la tête sans rien comprendre. Si ça se trouve, elle me dit que je suis vraiment bête d'acquiescer ainsi.

Elle sort, je retire mon peignoir, mon maillot de bain, j'enfile le truc en papier : c'est grand, je pourrais l'étirer jusqu'aux aisselles ou le porter façon Borat.

Je prends position sur la table de massage, m'allonge sur le ventre, cale ma tête dans le trou prévu à cet effet. Le masque s'écrase contre mon visage : je vais sûrement mourir étouffée.

La masseuse revient, me recouvre le dos avec une serviette. Je l'entends se laver les mains, puis les frotter l'une contre l'autre. Lorsqu'elle les pose sur la plante de mes pieds, elles sont chaudes et douces.

Je crois que je m'endors quasi instantanément. Je ne sais plus si je me fais masser ou si l'on vient de m'assommer, mais le résultat est le même. Je pars loin, très loin, entre le sommeil et cette pièce. Mon esprit flotte, léger, au-dessus des bougies, pendant que mon corps profite de chaque pression pour se détendre, enfin.

Il n'y a aucun fil conducteur à mes pensées. Je songe à l'humidité dans la salle de bains de ma mère. À ma boutique. J'espère que mes collègues s'en sortent bien. Je pense à mon père, mon petit papa qui me manque. Il était le seul à qui je pouvais me confier. Assise sur la pierre froide de sa dernière demeure, je lui raconte mes peines et mes doutes, mes petits et mes grands bonheurs. Je lui ai dit pour la grossesse. Savoir qu'il ne connaîtra jamais mes enfants est un déchirement.

J'ai peu de photos, et guère plus de souvenirs. J'use les premières à force de les regarder, et je tente en vain de retenir les seconds.

Je pense à Valérie. Il faut que je lui envoie un texto, des photos d'Ischia. Elle sera fière de moi.

Je pense à Nino, son silence, ma punition.

Je sens qu'on me secoue un peu. J'ouvre un œil, avec beaucoup de difficulté. Je comprends que je dois me tourner sur le dos, ce qui me demande un effort presque surhumain ; mon corps pèse trois tonnes. Je roule, j'y arrive, je replonge aussitôt.

Je pense à Nicolas, mon premier petit copain. J'étais à l'école primaire, il m'écrivait des mots d'amour. Pourquoi les garçons arrêtent d'agir ainsi, en grandissant ? Tandis que, nous, les filles, n'arrêtons jamais d'avoir envie d'en recevoir.

Nino m'envoie des photos de lui quand il sort de la douche. C'est sympa, mais moins romantique.

Je pense à Alba. Ce doit être un beau bordel dans sa tête. J'aimerais l'aider, mais je ne sais comment.

Je pense à moi, aussi.

Gabrielle Juliette André.

Vingt-six ans. Bientôt maman alors que je me sens encore une enfant.

# 51
# ALBA

Ce soir, pour le dîner, c'est *coniglio all'ischitana*, la spécialité de l'île. Du lapin cuit avec des tomates du Vésuve, des herbes, de l'ail et de l'huile d'olive – évidemment. Dans son jus de cuisson, on fait revenir des *bucatini*, ces longues pâtes que l'on dégustera en entrée.

« C'est absolument délicieux ! s'exclame Gabrielle. Promis, je ne vous ferai pas honte cette fois. Pas de cappuccino après cette merveille. »

Rosa nous raconte que sa mère préparait ce plat elle-même, avec des lapins élevés par le voisin, et qu'enfant elle refusait systématiquement d'en manger.

« Je m'y attachais, à ces bêtes ! Je jouais avec, et ensuite, le dimanche, je les retrouvais dans mon assiette… »

Ça a failli me couper l'appétit, mais, après tout, je n'ai pas d'attache avec ce lapin-là.

C'est notre dernière soirée à Ischia. Demain, nous reprendrons le *traghetto* pour Procida. Nous arriverons juste avant la finale de l'Euro.

Je force un peu sur le vin ; j'aimerais profiter de ces derniers instants pour me vider la tête – de la même façon que je vide mes seins sous la douche depuis que je suis ici – et, surtout, dormir profondément sans passer la nuit à ruminer.

Demain, je retrouve mon soleil, ma petite Emma, mais aussi Valentin… et Giovanni.

Et puis moi, comme une conne entre les deux. Avec mes hormones qui me mettent à fleur de peau, et ma libido qui joue aux montagnes russes.

La raison et la passion.

Fait chier.

L'avantage, c'est que le regard de Giovanni m'a réconciliée avec mon corps. Je me sens plus sexy que jamais, je parviens à me trouver belle dans mes nouvelles tenues ; et tout ça doit dégager quelque chose, parce qu'on ne m'a jamais autant regardée.

Et j'admets que c'est plaisant.

Dans le taxi qui nous mène à l'hôtel, je me surprends à imaginer ma vie sans Valentin.

Sans les Post-it avec les choses à ne pas oublier, qu'il colle partout.

Sans son parfum au réveil. Sans ses jus d'orange pressés du dimanche. Sans la couverture avec laquelle il me recouvre chaque fois que je m'endors sur le canapé. Sans son épaule, sur laquelle je pleure de tristesse, de rage ou de colère.

Sans nos câlins à trois avec notre fille. Sans nos disputes ni nos réconciliations sur l'oreiller. Sans pouvoir jouer avec les poils de son torse pendant qu'on regarde une série. Sans sa voix, au téléphone, qui balaie instantanément toutes mes peurs. Parce que je sais que, quoi qu'il arrive, il est là, fort et solide à mes côtés.

Lorsque Giovanni a disparu de ma vie, j'ai dû tout réapprendre. À manger, à m'amuser, à prendre plaisir à sortir, à m'habiller. À faire l'amour, à revenir en Italie. Tout me semblait compliqué. Il m'a fallu du temps, beaucoup de temps.

Un an et demi plus tard, Valentin a retiré le dernier pansement de cette plaie qui avait enfin cicatrisé. Il m'a appris à aimer de nouveau, à refaire confiance.

Au début, j'avais peur qu'il me quitte, lui aussi, du jour au lendemain. J'étais prudente, constamment sur le qui-vive. Puis j'ai fini par baisser totalement la garde.

Nous décidons de boire un dernier verre au bar de l'hôtel. Gabrielle préfère regagner sa chambre. Elle se dit fatiguée, mais je la crois surtout très triste.

Rosa appelle son mari pour prendre des nouvelles pendant que je commande deux Amalfitani.

« Gio est là ? Oui ? Passe-le-moi ! »

Je tends l'oreille.

« Ça va, mon fils ? Vous avez bien mangé le poulet que je vous avais préparé pour ce soir ? Bon… Oui oui, tout va bien. On boit un verre avec Alba. Oui, je l'embrasse, promis. On se voit demain, d'accord ? *Ciao Bello, ciao.* »

Elle raccroche.

« Gio t'embrasse, ma chérie. »

Je souris pour ne pas pleurer. Pauvre fille. J'ai enfin la vie de famille dont j'ai toujours rêvé, et me voilà en train de tout remettre en question.

« C'est quoi ton secret pour être avec Nando depuis si longtemps, Rosa ?

— L'amour, ma belle !

— Ça n'a pas été dur, après la naissance de Giovanni ?

— Bien sûr. Et pas seulement à ce moment-là. C'est dur souvent, tu sais. Encore maintenant. La vie n'est pas facile, ni lisse. Jamais. Et la vie de couple, c'est la même chose.

— Alors comment on fait pour tenir bon dans ces *moments-là* ?

— Je ne sais pas comment font les autres, mais ce qui a fonctionné pour moi, c'est me rappeler pourquoi j'étais tombée amoureuse de mon mari. J'ai un carnet, que j'avais commencé lorsque je l'ai rencontré… Ce que j'avais ressenti pour lui était si fort que j'avais éprouvé le besoin d'en conserver la trace. Alors j'ai retranscrit mes émotions sur du papier. Ensuite, j'ai pris l'habitude de le faire chaque fois qu'on vivait un joli moment. Petit ou grand. J'ai des dizaines d'années d'archives ! De petites phrases, de petites attentions, ou de grandes déclarations. J'ai consigné les cadeaux inattendus, les dîners réconfortants, les belles nuits d'amour. Je ne note *que* le positif, car c'est le plus difficile à se remémorer. On a tendance à être marqué par ce qui ne va pas, par les souffrances, par l'agacement, plutôt que de prendre le temps d'apprécier les moments où tout va bien. Je suis convaincue que ce carnet a sauvé mon couple à plusieurs reprises. Je ne te dis pas qu'il est miraculeux ! Juste qu'il me permet de relativiser les mauvaises passes. Bien entendu, lorsqu'il y a un problème, il faut le régler, à deux. Il faut en discuter et trouver des solutions ensemble. Si on a envie de continuer à écrire les beaux moments, il faut d'abord s'unir pour surmonter les mauvais. »

## 52
## GABRIELLE

Je vis cette dernière matinée à Ischia dans le brouillard. Je suis en mode robot, je n'ai qu'une hâte, c'est de rentrer.

Cette nuit, j'ai rêvé que je tuais Nino. Je le poignardais au cœur, je m'acharnais sur lui sans pouvoir m'arrêter. Il y avait du sang partout ; pourtant, je ne paniquais pas. Je ressentais même quelque chose qui ressemblait à du soulagement.

Ensuite, je nettoyais consciencieusement toute la scène de crime. Je sciais son corps en plusieurs morceaux, et je l'enfermais dans ma valise – celle que j'ai apportée à Procida. À l'aéroport, l'hôtesse me signalait un excédent de bagages.

Et là, je me trouvais trop bête.

Non parce que j'avais tué mon mec – non, toujours pas – mais parce que je suis super calée en meurtre, avec tous les documentaires que je regarde depuis des années ! Et que, clairement, il s'agissait d'une stupide erreur de débutante.

J'allais me faire coffrer. Alors j'ai repris ma valise, et j'ai commencé à courir vers mon ancien appartement. Je me sentais si légère, malgré le poids que je traînais. C'était enivrant.

Je me suis réveillée essoufflée, et tellement perturbée par ce cauchemar que je ne cesse d'y penser depuis.

Nous sommes pourtant dans un lieu merveilleux. Après avoir visité tôt ce matin le sublime château Aragonese qui domine l'île, nous voici dans des thermes à ciel ouvert, I giardini termali di Poseidone.

Alba nous a expliqué que ces jardins existent depuis 1958. Une vingtaine de piscines d'eau thermale provenant du sous-sol de l'île sont enveloppées dans un écrin de flore. Un sauna est même creusé dans la roche. Le parcours commence par un bain dans la mer, puis on circule d'une piscine à l'autre, des plus fraîches aux plus chaudes.

Vu la température extérieure aujourd'hui, nous restons barboter dans les premières.

« Tout va bien, Gab ? »

Je n'ai plus envie de faire semblant.

« Pas trop. Je t'avoue qu'il me tarde presque de rentrer pour comprendre pourquoi Nino ne me parle plus.

— Tu veux que je lui pète les dents ? »

Je souris.

« Sérieusement, Gabrielle, tu veux que je lui parle ?

— Non, tu es gentille, ça va aller. Je pense qu'il est vexé parce que je n'ai pas décroché immédiatement quand il m'a appelée le premier jour, voilà tout.

— Mais ce n'est pas normal, ce genre de comportement, tu sais ? Il t'a pourri le séjour. C'est tellement égoïste !

— C'est la première fois que je fais quelque chose sans lui ; il n'est pas habitué.

— Franchement, tu lui trouves beaucoup d'excuses. Et vraiment, si je n'avais pas l'impression que son attitude te faisait souffrir, je ne dirais rien. Mais je vois bien qu'il te fait du mal, et tu ne mérites pas ça.

— Je l'aime.

— Je n'en doute pas, ça crève les yeux. Enfin, tu sais qui est-ce que tu devrais aimer encore plus ?

— Non.

— Toi ! »

Une douleur dans le bas du ventre, comme un coup de couteau, me plie soudain en deux.

Alba et Rosa m'aident à sortir de l'eau et à m'allonger sur un transat, à l'ombre d'un parasol.

Je demeure recroquevillée, pendant plusieurs minutes. Leurs visages ne me rassurent pas beaucoup. Rosa parle à toute vitesse à Alba, qui acquiesce. J'ai peur de comprendre.

« Alba ? Est-ce que je vais faire une fausse couche ?

— Je ne sais pas, ma belle. Est-ce que… est-ce que tu saignes ? »

Je touche mon entrejambe.

« Non.

— Bon, ce n'est peut-être rien du tout. Tu vas rester allongée là un peu, et si ça ne va pas mieux, je t'emmène à l'hôpital. »

Rosa revient avec de l'eau fraîche. Elle me demande de lui montrer où j'ai mal exactement, pose sa main sur mon ventre. Elle se plante près de moi et essaie de me rassurer.

Au bout d'une dizaine de minutes, la douleur diminue, puis finit par disparaître.

C'est terrifiant, parce qu'à l'idée que cette grossesse s'arrête je m'aperçois que je ne pense qu'à une seule chose : la déception de Nino.

Pas à moi, ni à mon corps qui souffrirait.

Pas à ce bébé qui déciderait de s'en aller et qui prendrait donc la décision pour nous deux.

Non. À Nino.

À sa déception, à sa tristesse, à ses états d'âme, à ses reproches.

Et je crois qu'Alba a raison : ce n'est pas normal.

# 53
# ALBA

Je serre ma fille dans mes bras, je la renifle et l'embrasse. Je crois que je pourrais la manger.

C'était douloureux autant de temps sans elle, physiquement je veux dire. Ces deux derniers jours, mon corps me rappelait ce manque chaque fois que je devais vider ma poitrine moi-même. D'ailleurs, je la mets immédiatement au sein. J'ai peur qu'elle ait oublié comment faire, qu'elle n'en veuille plus. Mais elle s'accroche à moi dans la seconde, tète avidement, serre ma peau avec ses tout petits doigts. Je crois que je lui ai manqué, moi aussi.

Valentin me demande comment s'est passé notre séjour. Il connaît bien Ischia ; nous y sommes allés plusieurs fois ensemble. Je lui parle des thermes, du soin qui m'a fait un bien fou, de Rosa qui a rajeuni de dix ans. Et de Gabrielle et de sa tristesse, qu'elle n'arrive plus à cacher.

« Je n'ai pas beaucoup vu Nino, ces dernières quarante-huit heures, pour tout te dire. Il a même découché le premier soir.

— Non mais quel connard, franchement ! J'hallucine ! Moi qui l'estimais, pourtant.

— Je sais. Je lui ai parlé, mais il ne me prend pas au sérieux. Il plaisante, change sans cesse de conversation. Et je n'ai pas non plus envie de me brouiller avec mon meilleur ami, Alba.

— On ne doit pas avoir peur d'être honnête avec ses *vrais* amis quand ils font de la merde !

— Oui, tu as raison. »

Il s'approche, me caresse les cheveux, le cou. J'ai un frisson.

« Tu m'as manqué, mon amour. »

Il m'embrasse. Un vrai baiser, intense. Pas un bisou poli. Un baiser.

Il me prend des bras ma fille endormie, l'allonge dans son petit lit, puis m'entraîne vers notre cuisine. On fait l'amour sur la table, lentement, délicatement ; j'ai l'impression de redécouvrir mon corps et le sien.

Il me regarde intensément, me dit qu'il m'aime, que je ne dois jamais en douter.

J'en avais besoin. J'ai retrouvé mon mari.

J'oublie le blush : mes joues sont encore rosies par le plaisir. J'enfile une robe vert émeraude, comme le nouveau maillot de la Squadra. Ça va nous porter chance.

Et il nous en faut, de la chance ! L'Angleterre joue à domicile ; seul un miracle nous permettra de battre cette équipe et de remporter le championnat d'Europe.

Je ne parviens pas à attacher mes cheveux, je m'agace. Sur un coup de tête, je m'empare des ciseaux de cuisine. Je ne réfléchis pas. Je tente de me souvenir d'un tuto vu sur YouTube pendant le confinement. Il m'avait permis de me couper les pointes sans faire trop de dégâts.

Je n'ai qu'à recommencer en plus court. Je peux y arriver. J'essaie d'y aller par étapes, d'être patiente. Ce n'est pas mon fort… J'ai toujours tendance à agir et à réfléchir après.

Je passe d'une longueur sous les épaules à un carré court. Je me suis souvenue des mots de Gabrielle : l'ovale de mon visage serait ainsi mis en valeur.

Le résultat n'est pas désastreux. Au contraire. Je trouve ça carrément réussi. Il y a sûrement des petits défauts que j'irai faire rattraper dès mon retour à Paris par Sabrina, ma coiffeuse. Mais là tout de suite, je ne les vois pas. Je vois une nouvelle Alba.

Un nouveau chapitre.

Femme et mère. L'une et l'autre.

Je souligne ma bouche avec un rouge à lèvres carmin, mes yeux avec un peu de mascara.

Je me sens belle, désirable.

Ça me fait rire.

Je pense à Shauna, une star de la téléréalité qui passe sa journée à s'admirer dans le reflet de son téléphone. Et à partager ses exploits avec ses followers. Shauna se kiffe. Se regarder, c'est son hobby favori. Et puis elle se complimente, également.

« Je suis trop fraîche aujourd'hui. » « Matez-moi ce corps ! » « J'aime trop mon look. » « Ma passion, ces chaussures, wesh. »

Et ce soir, je me sens un peu Shauna, moi aussi. Alors je prends un selfie et le poste sur Instagram, avec une légende pour justifier cet élan de narcissisme : *Forza Italia !*

Mes trois cent soixante-sept followers découvriront mon nouveau look avant ceux qui partagent ma maison, ce qui m'amuse.

Les likes et les commentaires ne se font pas attendre. Ils font du bien à l'ego.

Et puis, sans surprise et parce que finalement c'est sûrement ce que je cherchais, un message s'invite dans ma boîte privée.

Tu me rends de plus en plus dingue.

# 54
# GABRIELLE

Il n'est pas là à mon retour.

Notre chambre est sens dessus dessous. Son téléphone sonne toujours dans le vide.

Je range pour m'occuper, et pour ne pas devenir complètement folle.

Valérie m'appelle. J'hésite à lui répondre, et je finis par décrocher.

« Mais c'est quoi, ces photos de folie, Gab ? C'est tellement beau !

— Tu as vu ça ? Je t'écoute : je profite.

— Je suis contente pour toi, mon hirondelle, tu le mérites.

— Comment tu vas, toi ?

— L'été sera long… Je n'ai pas de congés avant septembre, ça me semble interminable. En plus, les gens sont encore plus cons que d'habitude. Je te le dis, ce virus a tapé sur le système de tout le monde. La politesse, la patience et les bonnes manières sont restées en quarantaine. Hier, je me suis fait insulter parce que je ne scannais pas assez vite. Oh, je peux te dire que je ne me suis pas laissé faire ! Je te l'ai remis à sa place, le coco… Il ne savait pas à qui il s'adressait.

— Il a dû regretter !

— Je l'ai renvoyé chialer chez sa mère, crois-moi !

— Ça me fait du bien de t'entendre.

— Il faut qu'on se boive un petit verre à ton retour, ma jolie – et pas d'excuse pourrie, cette fois ! Sinon, je viens lui casser les dents, à ton Nino. S'il veut garder les gens enfermés, il n'a qu'à être maton. Allez, je file : c'est la fin de ma pause. Bisous, profite ! »

Mes anciens petits amis étaient plutôt du genre à se foutre de moi ou de ce que je faisais. Ils n'étaient pas vraiment jaloux ou possessifs. Alors, lorsque j'ai remarqué que Nino était si protecteur, ça m'a flattée. Au début. Enfin quelqu'un qui prêtait attention à moi, qui ne voulait pas que je lui échappe !

Mais mes libertés ont fini par être très restreintes, depuis notre rencontre. Il ne m'interdit jamais franchement les choses ; il préfère me faire comprendre qu'il serait plus judicieux de ma part de m'abstenir. Pour le bien-être de notre couple.

« Ah, tu es là ? »

Nino vient d'arriver. Il me fixe, et son visage n'exprime aucune émotion. Je ne sais à quoi m'attendre. J'ai peur.

« Oui, on est rentrées il y a une heure.

— Et alors, c'était bien ?

— Super, vraiment sublime. Tout était parfait. J'aurais aimé que tu sois là. »

Il ricane.

« Bon, je vais prendre une douche. Prépare-toi, je ne veux pas rater l'hymne. »

Je m'approche de lui doucement et l'embrasse. Il me rend un baiser glacial.

« Pourquoi tu n'as pas répondu à mes appels, Nino ?

— J'ai pas fait attention à mon téléphone. C'est toi qui m'avais dit de couper un peu, non ?

— Euh, oui.

— Bah voilà, j'ai coupé. Allez, pousse-toi s'il te plaît. Je reviens de la plage, j'ai envie d'une douche froide. »

Je m'écarte, il s'enferme dans la salle de bains. Je reste plantée là. Interdite.

Tout à coup, l'évidence me saute aux yeux… Je n'ai peut-être pas encore le courage d'exiger de lui qu'il me traite autrement, mais je peux en trouver au moins un peu pour éviter à un enfant de naître dans cette relation.

Je peux me l'infliger à moi, mais pas l'imposer à un être qui n'a rien demandé.

# 55
# ALBA

L'ambiance est déjà folle au port, où un grand écran a été installé pour l'occasion.

Nous prenons un apéritif à la terrasse d'un bar, en attendant d'aller dîner.

Rosa garde Emma ; elle se fiche bien du foot, et elle est ravie de passer du temps avec ma fille.

Tout le monde est unanime sur ma nouvelle coupe.

Valentin me trouve canon. Ce n'était pas pour me faire plaisir, il le pensait. Je l'ai vu à son sourire et dans ses yeux, je l'ai vu à la façon dont il m'a enlacée et embrassée, je l'ai vu lorsqu'il a reculé pour mieux me regarder, et qu'il s'est empressé ensuite de m'étreindre de nouveau.

Gabrielle était bluffée et heureuse que j'aie suivi son conseil. Je l'ai serrée fort dans mes bras, c'est fou ce que ce petit bout de femme m'a apporté en quelques jours.

J'ai des cheveux en moins, et de la force en plus. Je suis Samson à l'envers.

« Mohicani » de Baby K retentit dans les haut-parleurs. Je tape du pied, me dandine sur ma chaise, j'ai envie de virer mes chaussures et de danser jusqu'à l'aube.

« On danse, Alba ? »

C'est pour ça que j'aime Nino : parce qu'il s'en fout du regard des gens. Personne ne danse, mais il voit que j'ai envie de danser ? Alors il m'emmène danser.

J'accepte. Et on se trémousse, verres à la main, sur une piste de danse improvisée. Bientôt, d'autres clients nous rejoignent – des plus jeunes, des plus vieux, des enfants. Le propriétaire du bar monte le son. On ne peut trouver ce genre d'ambiance qu'en Italie, une communion entre inconnus qui désirent simplement partager un bon moment. On essaie de se défaire du stress d'avant-match, et c'est tellement bon !

Valentin reste assis. Il lève sa bière au loin en me souriant, tandis que je chante, j'agite les bras, je bouge mes hanches.

Voyant que Nino ne prend pas l'initiative, j'invite Gabrielle à nous rejoindre. D'abord timide, cherchant l'approbation dans les yeux de son petit ami, elle finit par se lâcher et se laisser aller au rythme de la musique.

Quand « Beggin' » des Maneskin se fait entendre, on se met à chanter en chœur – beaucoup en yaourt, mais qu'est-ce qu'on s'en fout !

Même le soleil tarde à se coucher pour assister au joli spectacle qu'on lui offre, et auquel je suis en train de participer.

Le début du match approche, nous nous déplaçons de quelques mètres pour dîner.

Pizzas-bières pour cette finale. Nous ne choisissons ni les pizzas ni les bières, d'ailleurs ; nous préférons que le chef nous réserve la surprise : on n'est jamais déçus, ici.

Nino enchaîne les bières comme si c'était de l'eau, et les clopes comme si c'était de l'encens. Je lui confie en plaisantant qu'il ne tiendra jamais tout le match, s'il continue sur cette lancée.

« C'est mal me connaître ! » me répond-il.

Et il a tout à fait raison. Je connais une part de lui que j'adore, et je découvre une part plus sombre.

C'est fou comme les certitudes peuvent nous aveugler : ça ne nous arrivera jamais, à nous, de côtoyer un sale type, claironne-t-on à qui veut l'entendre. Mais les hommes toxiques, les meurtriers, les violeurs, sont tous des amis, des fils… Et quand on ouvre enfin les yeux, on ne veut tout simplement pas y croire.

Pourtant, depuis notre arrivée ici, je n'ai pas douté une seconde : j'ai très vite vu, et tout de suite compris, que celui que je considérais comme un frère se comporte comme une ordure avec la femme qu'il est censé aimer.

J'essaie de faire rire Gabrielle, de lui changer les idées. Elle ne souhaite pas que je parle à Nino, et je le respecte, mais je tiens à ce qu'elle passe un bon moment.

Un coup d'œil sur mon téléphone : la team Azzurri est en feu. Les caleçons et chaussettes porte-bonheur sont de sortie chez les uns, les drapeaux et les maillots en place chez les autres. Tout le monde est à fond. J'ai tellement hâte que le match commence !

J'aperçois Giovanni s'installer au bar juste à côté. Il rejoint deux hommes que je ne connais pas. Il me sourit, me fait signe de regarder mon portable. Je m'assure que personne à ma table n'a remarqué son petit jeu.

Je consulte mon écran.

Retrouve-moi à notre endroit après le match.
On va fêter le fait d'être champions d'Europe !

Je réponds immédiatement.

T'es complètement fou de dire ça,
ça va nous porter la guigne ! Si on perd,
je t'en tiendrai pour responsable.

Et si on gagne, je te fais l'amour.

Je range mon iPhone au fond de mon sac. J'ai le cœur qui bat la chamade. Je suis prise d'un fou rire – sans savoir pourquoi ; je n'arrive pas à m'arrêter, j'en pleure. C'est communicatif : je vois tour à tour Nino, Gabrielle et Valentin glousser aussi.

Le moment tant attendu débute enfin : on se lève, et l'hymne retentit.

« *Stringiamoci a coorte siam pronti alla morte, siam pronti alla morte, l'Italia chiamo' si !* »

## 56

## GABRIELLE

Le match commence très mal : l'Angleterre a marqué dès la deuxième minute.

On dirait qu'on vient de tuer quelqu'un. Finie la bonne ambiance ! On entend les mouches voler et les cigales chanter à nouveau. Je n'y connais pas grand-chose, mais je me risque à une remarque pour tenter de remonter le moral des troupes.

« L'avantage, c'est qu'il reste encore beaucoup de temps pour égaliser, non ? C'est mieux de s'en prendre un maintenant qu'à la quatre-vingt-dixième minute… »

Nino me regarde de travers et se lève pour aller aux toilettes. Alba et Valentin ont pitié de moi et me répondent que je n'ai pas tort. Ce dernier essaie aussi de redonner de l'espoir à sa femme, qui doit avoir des crampes aux doigts à force de mimer les cornes.

Je n'ose pas m'extasier devant les pizzas tant l'atmosphère est lourde ; pourtant, elles sont orgasmiques – mais que mettent-ils dans cette pâte pour qu'elle soit si bonne ?

Plus que trente minutes de match : je commence, moi aussi, à m'inquiéter. Les Italiens ont eu plusieurs occasions, mais ne marquent pas.

À la soixante-sixième minute, j'ai cru à un tremblement de terre. Mais non. La Squadra égalise, enfin. Des chaises se renversent, des verres se brisent, les cigales se taisent de nouveau. Le mort est ressuscité !

Même la bonne humeur de Nino est revenue : il m'embrasse, me hisse dans ses bras et me fait tourner. Je le serre très fort, je crie : « C'est génial ! C'est génial ! » Et il doit croire que je parle du match – alors que pas du tout : je parle de nous, de moi qui attends des marques d'affection comme un chien attend sa friandise.

Je suis pathétique, mais je m'en fous : je suis amoureuse avant tout. Je lui rends son baiser et m'installe sur ses genoux pour la suite.

C'est tendu, et on n'échappe pas aux prolongations. Tout le monde craint les tirs au but, dans un stade majoritairement anglais : il paraît que le public fait souvent la différence, dans ces moments-là. En tout cas, s'ils jouaient à domicile, les Italiens gagneraient, c'est certain.

« J'ai confiance en Donnarumma ! Santo Donnarumma, protège-nous ! » psalmodie Alba.

Je comprends qu'il s'agit du gardien.

Mi-ivre, mi-possédée, elle lève ses cornes au ciel. Elle fait un peu flipper…

Nous décidons de retourner au bar pour voir la suite. Ça tombe bien, j'ai très envie d'un *gelato* – je suis la seule qui pense à manger, ce soir.

J'aperçois Giovanni accoudé à une table.

Je regarde Alba : elle l'a vu aussi, bien sûr.

Et il n'a pas non plus échappé à Valentin.

# 57
# ALBA

« Il reste combien de temps ? Je ne vais jamais tenir !

— Les prolongations viennent de commencer, Alba…

— C'est bien ce que je dis : je ne vais jamais tenir. »

Chaque seconde dure deux heures et demie. C'est un supplice. Quel sport de merde ! Pourquoi on souffre autant ?

Non, je retire : j'adore ça. Enfin, j'adore si on gagne à la fin. Et là, c'est mal barré, quand même.

Je suis tellement à fond que j'arrive à ne pas regarder Giovanni pendant plusieurs minutes d'affilée. Ce qui n'est pas son cas. Je sens ses yeux sur moi. Et si je me mets à y réfléchir plus d'une seconde, je sens aussi ses mains, son souffle, son corps.

STOP !

Le match. Me focaliser sur le match.

C'est la mi-temps des prolongations. Je respire et je vais chercher une bouteille d'eau. Je flaire déjà la migraine du lendemain se pointer, elle vient de déposer un avis de passage.

La musique reprend de plus belle. Rocco Hunt chante « *Stu core t'apparten* », « Ce cœur t'appartient ». Giovanni me sourit au loin – ça s'appelle une dédicace.

Il s'approche de notre table pour nous saluer, appuie ses mains contre le dossier de ma chaise, parle avec Nino, avec Valentin, comme s'il n'était pas en train de flirter avec sa femme sous ses yeux.

J'ai envie de le gifler. À Naples, il existe un mot pour définir cette arrogance, ce culot : la *cazzimma.* Et ici, on naît avec, c'est de série.

J'essaie de rester stoïque, de ne pas prêter attention à son pouce qui caresse délicatement mon dos.

Les garçons proposent une nouvelle tournée de bière. Nino commence à tituber, mon mari l'accompagne se passer un peu d'eau sur le visage. Giovanni en profite pour s'asseoir face à moi.

« Cette coupe, *santo Dio,* j'adore.

— Merci. Arrête ton petit jeu, en revanche.

— Mais je ne joue pas, Alba. Je te l'ai dit. »

Et toujours ce sourire débile collé sur son visage.

J'ai envie de l'embrasser, de sauter par-dessus la table et de lui fourrer ma langue dans la bouche.

Il le sait, il le sent, il a compris qu'il y avait une faille, et que, comme pour la Nazionale, la partie n'était pas encore terminée. Lui et moi, on ira aux tirs au but. Et je suis très mauvaise gardienne.

Le match reprend.

La seconde mi-temps des prolongations est encore plus stressante que la première. On est tous en apnée. J'oblige l'assemblée à mimer les cornes pour porter la poisse aux Anglais.

Ça ne marche pas vraiment. Le score n'a pas bougé, et tout va se jouer aux penalties.

Tout le monde est à fond ; même Gabrielle s'est laissé emporter par l'ambiance. Autour de moi, chacun y va de son avis : qui doit tirer, qui doit rester sur le banc.

Sur WhatsApp, les plus calés de la team Azzurri parlent statistiques : si on marque les premiers, on a plus de chance de remporter le duel.

Quelle pression ! Ce sport ne fait pas de cadeau aux joueurs : un jour, tu es un dieu, le lendemain une sous-merde. Pas le droit à l'erreur, surtout dans une telle compétition.

Un peu comme la vie de couple, finalement. Tu passes facilement de « la prunelle de mes yeux » à « la casse-couilles de service », et au moindre faux pas, c'est l'expulsion. Les huées du public. La fin du match.

La séance de tirs au but se prépare.

Je pense un instant à fermer les yeux, puis me ravise. Une vraie *tifosa* ne laisse pas tomber son équipe. Alors je fixe l'écran, mais que d'un œil. L'autre, je le recouvre avec ma main qui mime les cornes.

Tandis que Giovanni se lève pour aller retrouver ses amis, le premier joueur se dirige vers le point de penalty.

En passant près de moi, il me chuchote « À tout à l'heure » à l'oreille.

Si on gagne, je crains de tout perdre.

# 58
# GABRIELLE

L'Italie tire en premier.

Je ne connais pas le nom du joueur, mais il est carrément mignon.

Le gardien anglais danse dans les cages : on dirait moi tout à l'heure.

*SI* !

Tout le monde crie, la balle est au fond. Mais le silence revient aussitôt ; il faut rester concentrés.

Alba hurle : « *VAI DONNARUMMA !* »

Ça ne suffira pas. Il n'arrête pas la balle. Un but partout.

Mais qu'est-ce qui m'arrive ? Je tremble pour un sport dont je me foutais il y a encore deux heures, et je vibre pour un pays qui n'est même pas le mien.

J'ai un mauvais pressentiment pour ce deuxième tir, et j'ai raison. Le gardien anglais l'arrête.

Alba est sur le point de faire une attaque ; elle a le visage décomposé, on dirait un Picasso. Nino tape de rage sur la table. Je sursaute.

Les Anglais viennent de prendre l'avantage. Ça ne sent pas bon du tout pour l'Italie… Et la dépression s'abat sur Procida comme la misère sur le monde.

Même le commentateur télé a l'air désespéré. L'intonation de sa voix a changé brutalement.

Le troisième tir au but italien est au fond ! On n'était pas loin de la catastrophe.

Je m'aperçois que je retiens ma respiration. Mais qu'est-ce que je fous, bon sang ?

*Si l'Italie gagne, je promets de m'intéresser de plus près au foot !*

Ce sport procure de bonnes sensations, quand même.

Allez l'Anglais ! Rate-le !

Je mime les cornes de toutes mes forces, comme Alba. Je les dirige en direction de l'écran.

Allez, allez, rate !

*Si l'Italie gagne, je me promets d'avoir un peu plus confiance en moi.*

Poteau. Oh bordel ! Ça marche. De nouveau égalité.

On se lève tous de notre chaise, on jubile – pas longtemps, juste histoire de se remotiver, d'y croire à nouveau.

BUT POUR LA SQUADRA !!!

L'Italie reprend l'avantage.

Je n'ose pas trop demander combien il reste de tirs à réaliser. D'autant qu'une part de moi a envie que ça ne s'arrête jamais, j'adore ce qu'on est en train de vivre.

BORDEL DE MERDE !

L'Angleterre vient de rater de nouveau son penalty. C'est la folie. Alba a hurlé tellement fort que tout le monde s'est tourné vers elle. Valentin me précise que, si le joueur italien marque, c'est fini, c'est gagné.

*Si l'Italie gagne, je promets de mettre les points sur les i avec Nino.*

Raté !

Il l'a raté…

Montagnes russes dans mon ventre, je crois que je vais vomir. Je savais que trois boules de glace, ce serait un peu trop.

Je saisis la main de Nino ; il est tendu comme jamais. Il ne quitte pas l'écran des yeux.

Le joueur anglais tire.

*Si l'Italie gagne, je promets de m'aimer moi avant les autres.*

Le gardien italien l'arrête. Moment de flottement. On ne sait pas, on ne sait plus. Avant que retentisse un cri libérateur…

« DONNARUUUUUUUMMAAAAAAAAAA !!! »

C'est Alba qui explose de joie.

Je comprends que son gardien chéri vient d'offrir le titre de champions d'Europe à la Squadra Azzurra.

J'ai l'impression d'un nouveau tremblement de terre, et ce n'est pas qu'une impression : tout le monde a sauté en même temps, et la terre a bougé – j'en suis certaine.

C'est un tsunami de bonheur, la folie. Je n'ai jamais vu autant de joie concentrée dans un si petit lieu. On doit être actuellement sur l'île la plus heureuse du monde.

Et dans cette nuit de juillet, au même rythme que l'Italie, je viens de remporter ma petite victoire, moi aussi.

## 59

## ALBA

Je suis ivre.

D'alcool, de joie, de cette victoire.

Valentin est rentré pour libérer Rosa et me laisser profiter. Dans la foule, au milieu des klaxons, des drapeaux et des chansons qu'on hurle à la lune, je retrouve Gabrielle.

« Félicitations, championne ! Moi, j'ai perdu Nino, me dit-elle. Je file, je suis fatiguée. Tu pourras lui dire, si tu le vois ?

— Oui. Fais attention à toi, ma belle. »

Elle me sourit, lève le poing au ciel, et crie :

« *FORZA ITALIA !* »

Je la serre dans mes bras, et nous restons là un petit bout de temps, enlacées, pendant que la fête bat son plein autour de nous. Puis elle se défait de notre étreinte, et je la regarde marcher un moment.

Je sors mon téléphone de ma poche. Cinquante-huit notifications. Les membres de ma team Azzurri sont en délire. Je lis leurs messages, leur bonheur ; je regarde les vidéos qu'ils envoient des quatre coins de la planète.

Mais quel pied, bordel ! Quel pied !

Je tape un Je vous aime tous ! sur mon clavier.

Je me dirige vers les toilettes du bar pour vider ma vessie : je n'ai plus du tout confiance en mon périnée, qui m'a montré plusieurs fois depuis quelques mois à quel point il est un traître.

Et c'est là que je l'aperçois, Nino. Le sang me monte à la tête, et je dessaoule aussi sec.

« Qu'est-ce que tu fous, putain ?! »

Il décolle ses lèvres de la jeune femme qu'il était en train d'embrasser – c'est ça ou il avait perdu quelque chose dans sa bouche, et il le cherchait avec sa langue –, me regarde, rit.

« Oups, la main dans le sac !

— C'est la mienne dans ta gueule que tu risques d'avoir dans moins de deux secondes. »

La gamine sent les problèmes poindre et préfère s'éclipser.

« Tu ne vas pas me balancer, hein, Alba ? me dit-il en se pendant à mon cou. De toute façon, elle ne me quitterait même pas ! Ah ah ! Tu lui ferais du mal pour rien…

— T'es vraiment qu'un sale con, Nino. Un gros sac à merde. Tu ne mérites pas Gabrielle. Tu ne mérites aucune fille, en réalité.

— Pourquoi tu t'énerves ? Parce que *moi* je prends mon pied pendant que tu te fais chier dans ta petite vie bien rangée ? Ça t'agace, hein ? »

Je lui colle une gifle si forte que sa tête cogne contre le mur des toilettes. Sur ce, je le laisse là, il n'en mourra pas.

Mais, comme j'ai une conscience, je demande au gérant du bar d'aller jeter un œil quand même.

J'essaie de chasser immédiatement ce qui vient de se passer de mon esprit. Je ne vais pas me faire pourrir cette soirée par

Nino. Je retourne sur la piste de danse qui s'est spontanément formée sur la place. Je n'ai pas envie que ce moment s'arrête.

Champions d'Europe, bordel de merde !

Je vais tellement pouvoir charrier les supporters français en rentrant… J'attends ça depuis des années. Je me vois déjà préparer mes meilleures *punchlines*, mes meilleurs Gifs animés ; je vais les vanner tous les jours.

« Alba ! »

J'entends qu'on klaxonne.

Giovanni sur sa Vespa me fait signe. Il ne lâche rien, ce connard. Qu'est-ce qu'il est beau, avec son bronzage, mon Dieu ! On devrait pouvoir bénéficier d'un joker, dans un mariage, merde.

Je m'approche.

« Tu veux quoi ?

— Monte.

— Pour aller où ?

— Au septième ciel.

— T'es ringard.

— T'es sexy.

— Tu m'agaces.

— Tu m'excites.

— Tu m'emmerdes, Giovanni !

— Et toi, tu me fais bander, Alba. Tu montes, *si o no* ? »

## 60
## GABRIELLE

J'ai trouvé Valentin dans le jardin, Emma dans ses bras, lové dans le hamac.

« Gab, tu regardes les étoiles avec nous ?

— Avec plaisir. »

Je me suis allongée sur le transat juste à côté d'eux. Même le ciel est champion d'Europe, ce soir. Il a mis le paquet.

« Oh ! Tu l'as vue ? L'étoile filante !

— Oui, me répond Valentin. Il faut faire un vœu ! »

Cette île ressemble à celles que l'on enferme dans les boules à neige. Tout est petit et parfait.

Les journées sont passées si vite que j'ai eu l'impression de ne pas profiter pleinement. Bientôt, il faudra reprendre le travail, la routine. J'aimerais que le temps s'arrête, pour que je puisse rester là, à admirer ce ciel dont on ne se lasse jamais.

« Quelle soirée ! dis-je dans un soupir.

— Vraiment un super match, une très belle finale. Ça ne t'a pas trop ennuyée ? Toi qui n'aimes pas le foot… »

Je suis touchée qu'il ait retenu cela, qu'il s'intéresse à moi, qu'il fasse au moins semblant. J'ai le sentiment que ça n'arrive pas souvent.

« Étonnamment, pas du tout ! Je crois même que, ce soir, je me suis découvert une passion.

— Les grandes compétitions, ça laisse rarement indifférent ! Je suis content que tu aies été emportée par l'ambiance.

— Et toi ? Tu as passé une bonne soirée ?

— Ma femme est heureuse : ça me va, comme soirée. »

Alors ça existe, les hommes de cette trempe. Gentils, attentionnés, respectueux... Normaux. Ça existe, mais je ne dois pas les mériter.

Valentin se lève et s'apprête à coucher Emma dans son lit.

« Tu veux que je t'apporte quelque chose à boire ?

— Oh, s'il reste de la limonade, je veux bien. »

Je ne pense pas à Nino, pas à ce qu'il fait, ou à ce qu'il pourrait faire. Je décide de m'octroyer une pause, des vacances de lui.

Ma limonade est servie, fraîche, sucrée. Exactement ce dont j'avais besoin.

« Merci, Valentin. Tu sais... Je suis enceinte. »

J'ignore pourquoi je lui balance ça comme ça. J'avais envie de le dire à voix haute, c'est tombé sur lui. Il me regarde quelques secondes, la tête penchée, puis demande :

« C'est une bonne nouvelle ?

— C'est une nouvelle.

— Nino ferait un très bon papa, et je ne dis pas ça parce que c'est mon ami, je le pense vraiment.

— Je n'en doute pas.

— Mais...

— Mais ?

— Mais je crois que tu mérites mieux que lui. »

Il me le confie d'un air désolé. Dans un élan de sincérité.

D'ailleurs, il baisse immédiatement les yeux, et je devine qu'il regrette déjà son aveu, probablement tiraillé entre sa loyauté et sa gentillesse. Être un bon ami ou un chevalier servant ? Il a tranché. Il a préféré tenter de me sauver.

Et c'est pour le remercier que je m'approche donc, afin de l'embrasser.

Le plus surprenant, c'est qu'il me rend mon baiser.

# 61
# ALBA

Notre endroit : Spiaggia dell'asino.

Nous arrivons à l'escalier qui mène à la mer. Giovanni gare la Vespa, me prend par la main et crie : « *SIAMO CAMPIONI D'EUROPAAA !* » Une voiture nous klaxonne, et nous sautons de joie comme deux crétins. C'est fou d'être si heureux pour un titre.

Nous atteignons la plage sans trébucher – je ne sais par quel miracle. Nous nous installons sur le sable et nous laissons tomber en arrière.

« Combien de soirées on a passé ici, Alba ?

— Trop.

— C'étaient les meilleures de ma vie.

— Tu aurais pu en avoir beaucoup d'autres. »

Il se tourne vers moi.

« Je le sais, putain. Je suis un con.

— Oui.

— Tu me manques tellement.

— Parle-moi des autres femmes.

— Quelles *autres femmes* ?

— Celles que tu as eues après moi !

— Ah. Nombreuses. Sans attaches. Sauf une. Giorgia. Je crois que j'étais enfin parvenu à retomber amoureux.

— Et ?

— Le soir où je m'apprêtais à la demander en mariage, je l'ai quittée.

— Tu es *vraiment* un con.

— Oui. »

J'aime écouter la mer la nuit. Je rêve de l'entendre chaque soir de ma vie. J'ai envie de m'endormir là et qu'on me foute la paix.

J'ai un peu froid – l'effet de l'alcool, sûrement. Je pose ma tête sur le torse de Giovanni. Il me caresse les cheveux.

« J'aurais voulu avoir droit à un au revoir, tu sais. À une rupture. J'ai dû faire le deuil de notre relation, de notre amitié, sans en voir le corps.

— Et on va l'enterrer ce soir, c'est ça ?

— C'est fort possible.

— On ne pourra même pas rester amis ?

— Je ne crois pas.

— Tu dis ça à cause de l'attirance sexuelle : tu es consciente que tu ne pourras pas me résister longtemps, hein ?

— …

— Alba, je plaisante, enfin ! Regarde-moi.

— Je dis ça parce que les amis, ça ne te laisse pas tomber comme tu l'as fait.

— Je te demande pardon.

— Je te pardonne. Mais j'ai mal. »

Alors il m'embrasse. Il m'embrasse, et je ne le repousse pas.

Je fais un plongeon dans le passé et son eau turquoise, dans nos soirées d'été, dans nos fous rires, dans nos nuits d'amour sur cette plage.

Il m'embrasse comme dans mes souvenirs, avec un soupçon d'impatience et de fougue.

Il a peur que ça s'arrête. Peur que ce soit la dernière fois. Ce soir, il en est conscient.

Il me regarde comme il ne m'a jamais regardée. Recommence à m'embrasser.

Je sens ses mains sur moi, déterminées, habiles. Elles reconnaissent mon corps, elles ne l'ont pas oublié.

J'ai mis ma tête sur silencieux et augmenté le volume de mon cœur. Il bat dans chaque parcelle de ma peau.

Je caresse son dos, sa barbe, et je crois que je pleure un peu.

Un bruit au loin attire mon attention.

Une voiture qui roule lentement, puis se gare, une chanson que je connais, des gens qui chantent à tue-tête.

« *Che confusione, sarà perché ti amo, è un'emozione, che cresce piano piano, stringimi forte, e stammi più vicino, se ci sto bene, sarà perché ti amo.* »

Valentin l'avait apprise par cœur quelques mois après le début de notre relation. Il me l'avait chantonnée dans mon salon. On venait de passer une soirée parfaite à refaire le monde à la terrasse d'un bistrot. La patronne, ne nous voyant pas partir, avait fini par nous mettre dehors.

Alors on était rentrés, on avait fait l'amour dans l'entrée, trop pressés pour atteindre le lit. Et, tandis que je lui demandais de rester dormir pour la nuit, il avait fredonné ce refrain avec son accent qui me fait fondre. Je l'avais applaudi, j'avais ri, j'avais été émue de cette attention.

« Ne te moque pas, s'il te plaît ! Je sais que ce n'est pas parfait, mais j'ai toujours apprécié cette chanson. Il faut croire que j'étais destiné à une Italienne, et avec toi c'est tout comme ! Je l'ai apprise pour toi, Alba. Pour te dire que je t'aime. »

*Sarà perchè ti amo.*

« C'est sans doute parce que je t'aime. »

Parce que je l'aime.

Encore.

Fort.

C'est sans doute parce que je l'aime, comme jamais je n'ai aimé qui que ce soit, que je demande à Giovanni d'arrêter.

Il recule, n'insiste pas. On a fini de jouer.

« Laisse-moi te ramener chez toi… »

Je lui caresse les cheveux à mon tour, le regarde longuement, pour imprimer son visage dans mon cœur.

« Je vais rentrer à pied. Je ne t'oublierai jamais, mais j'abandonne notre histoire ici, sur cette plage, pour qu'elle redevienne ce qu'elle a été. Un magnifique amour d'été. »

# 62
# GABRIELLE

Je n'avais jamais eu de gueule de bois sans avoir bu une goutte d'alcool. Drôle de sensation. Les mêmes symptômes : la nausée, la tête qui tourne, l'envie de passer la journée au lit. Le dégoût de ce qu'on a fait, et la promesse de ne jamais recommencer.

Nino est à côté de moi. Il est rentré au petit matin. J'ai fait semblant de dormir.

J'ai un cours avec Will dans quinze minutes. Je suis tétanisée à l'idée de descendre et, surtout, de croiser Alba.

Comment vais-je pouvoir regarder dans les yeux cette femme qui m'a accueillie dans sa maison, qui m'a offert son amitié, et que j'ai trahie ?

La culpabilité est une ennemie redoutable ; elle ronge l'estomac, le rouille, le pourrit. Elle fait de ton intérieur ce que tu t'efforces de cacher à l'extérieur. Belle dehors, laide dedans.

Je descends malgré tout. Alba est déjà assise sous le citronnier et me fait un signe de la main.

Elle a les yeux bouffis d'avoir trop pleuré. Je réprime un sanglot.

« Bonjour !

— Bien dormi, Gabrielle ?
— Ça va. Et toi ?
— Nuit compliquée. Mais ça va aller mieux, maintenant.
— Tu es prête pour la séance ?
— Prête ! J'en ai besoin.
— Moi aussi. »

Will apparaît sur mon écran, souriant, comme à son habitude.

« Ça va, les filles ? »

On acquiesce, on ment toutes les deux. On ne doit d'ailleurs pas être très bonnes comédiennes, car je le vois froncer les sourcils.

On demande une séance de cardio : on a envie de se défouler, de mettre notre cœur à l'épreuve – comme s'il ne l'avait pas suffisamment été.

Je n'ai jamais été si performante. J'enchaîne les montées de genoux, les *burpees*, les *jumping jacks*. J'ai besoin que ça me fasse mal. La rage que je ressens à mon encontre me donne une énergie insoupçonnée.

J'entends Will m'ordonner de respirer.

Je termine au sol, en sueur, dans un râle qui vient des tripes.

Alba est couchée à côté de moi. Elle aussi reprend son souffle, alors que le soleil prend de la hauteur dans le ciel. Elle met sa main dans la mienne.

« *Alba,* ça signifie “aube”, en italien », me dit-elle.

Le soleil devrait se lever deux fois pour moi, ce matin.

Alors que je sais que la nuit ne fait que commencer.

J'aurais adoré la garder dans ma vie. Mais elle est comme tous les autres, et comme son mari. Trop bien pour moi.

# 63
# ALBA

Je profite pleinement des derniers jours sur mon île préférée. De sa douceur, de sa beauté. On se sent à l'abri du monde, ici, comme dans une bulle. Et puis, ce qui se passe à Procida reste à Procida.

Je n'ai rien dit à Valentin, je ne lui ai pas avoué avoir embrassé Giovanni.

Étrangement, je ne ressens aucune culpabilité. Je l'ai cherchée, pourtant, le lendemain. J'ai attendu qu'elle se pointe. Mais elle n'est jamais venue.

Finalement, mon ex a été une solution plus qu'un problème. J'ai cru qu'il débarquait au plus mauvais moment, alors qu'il est arrivé exactement quand il fallait. Il m'a fait un joli cadeau. Il m'a offert la confiance en moi que j'avais perdue et m'a permis de soigner une vieille blessure.

Mon cœur ne boite plus.

Et j'ai fait la paix avec mon corps.

Ce corps qui me permet tant de choses, et que je maltraitais. Ce corps qui m'a permis de devenir maman de la plus incroyable des petites filles, de la nourrir chaque jour. Ce corps qui me permet de rire, de vibrer, de jouir, de danser.

Je m'allonge au soleil, puise toute sa force dans ses rayons.

Dans mes oreilles, Umberto Tozzi crie « *Ti Amo* ». *Grazie,* Umberto. Je t'aime bien, moi aussi.

Valentin sort de l'eau et vient s'allonger tout près de moi.

« Arrête ! Tu es trempé !

— Je t'ai dit que tu étais belle, aujourd'hui ?

— Pas encore.

— Tu es belle, mon amour.

— T'es pas mal non plus… »

Nous rejoignons Nino et Gabrielle pour déjeuner au restaurant de la plage.

Nino ne m'a pas reparlé de la nuit de la finale. J'ai fait, comme lui, semblant d'avoir oublié.

Finalement, cette nuit-là, je ne valais pas mieux que mon ami.

Gabrielle est éteinte. Elle a perdu de son éclat, quelque chose en elle semble cassé.

Alors que les garçons s'éloignent pour aller fumer une cigarette, je prends place près d'elle.

« Gab, comment tu vas ?

— Bien.

— Non, comment tu vas *vraiment.*

— Je ne suis pas la gentille de l'histoire, Alba. Tu dois le savoir.

— Il n'y a pas de *gentil* ou de *méchant.* Rien n'est jamais tout noir ou tout blanc. C'est un peu plus complexe que ça.

— Je suis un peu perdue, en fait.

— Je te comprends. Je voulais te dire que, si tu as besoin de quelqu'un à qui parler, je suis là. Et je serai là même après ces vacances. »

Elle baisse les yeux.

« Tu es gentille.

— Je ne suis pas la gentille de l'histoire, Gabrielle. C'est un peu plus complexe que ça. »

Elle sourit. Je poursuis.

« J'ai embrassé Giovanni, l'autre soir.

— Le soir de la finale ?

— Oui. Je ne le dirai pas à Valentin, ça lui ferait du mal pour rien. Et puis, je ne regrette pas. Ça m'a aidée à tourner la page. Parfois, on a besoin de se perdre dans un chemin de traverse pour apprécier de retrouver la bonne voie.

— Et, pardon de te poser cette question, mais… est-ce que, toi, tu pardonnerais à Valentin de s'être perdu ? »

Je prends mon temps pour formuler ma réponse, et je lui confie, en la regardant dans les yeux :

« Si je l'apprenais, ou si je le devinais, et si ça lui permettait de retrouver le chemin qui le mène à moi, Gabrielle, alors oui, je le lui pardonnerais. Je ne remettrais pas mon mariage, ma famille et notre amour en cause pour un égarement. Nous ne sommes pas des saints. Nous sommes des êtres humains. »

## 64
## GABRIELLE

J'ai acheté des tasses à café pour ma mère, un magnet et une mini-bouteille de limoncello pour Valérie, ainsi que des petits porte-bonheur pour mes collègues.

De retour à la maison, je commence à préparer nos valises. C'est notre dernier jour à Procida ; demain, nous rentrons à Nancy.

Nino est redevenu gentil, alors je décide de profiter de ce moment qui sonne la fin des vacances, et de me taire.

Dès la semaine prochaine, je prendrai rendez-vous pour interrompre ma grossesse. C'est la bonne décision, je le sais. Pour moi. Cette fois, je me fais passer en priorité. Je suis prête à vivre la déception de celui qui partage ma vie bien plus qu'à devenir mère.

Je le trouve au rez-de-chaussée. Il joue aux cartes avec Alba et Valentin.

« Tu te joins à nous ? » me propose Alba.

Elle rayonne. Alors que les volets sont baissés pour garder un semblant de fraîcheur dans la pièce, elle illumine la pièce.

« Non, je vais me poser juste là, à côté d'Emma. Et vous regarder. Vous êtes tellement beaux ! »

Je le pense vraiment. Ils sont beaux, tous les trois ; on dirait un tableau. D'ailleurs, je remarque pour la première fois la toile qui trône au-dessus du meuble de salon.

« C'est le Vésuve ?

— Oui, répond Alba. C'est un cadeau de Valentin. J'avais eu un gros coup de cœur dans une galerie de Naples, l'année dernière. Pour la peinture et pour l'artiste, Luna Esposito. Une femme incroyable. J'ai hésité à emporter le tableau à Paris, mais, en discutant avec elle, j'ai compris qu'elle tenait particulièrement à ce qu'il ne parte pas trop loin de sa maison. Et je pense qu'elle avait raison, qu'il est à sa place ici.

— Bon, on fait quoi pour notre dernière soirée à Procida ? demande Nino.

— Un bain de minuit ? je propose.

— Un bain de minuit pour digérer tout ce que Rosa compte nous faire avaler me paraît une parfaite idée ! dit Alba. Ce soir, elle a préparé le dîner. Elle viendra avec Nando. Il faudra juste qu'on ne s'aventure pas au large, si on se baigne. On risque de couler comme des enclumes ! »

Le soir venu, nous sommes tous sur notre trente et un. Pour faire honneur à la cuisine de Rosa, et à ce séjour qui s'achève.

J'aide à dresser la table sur la terrasse, sous la pergola, dans ce sublime jardin que je n'oublierai pas.

Quelque chose me dit que je ne reverrai jamais cet endroit, alors j'essaie d'emporter un peu de ce petit paradis dans ma mémoire, de l'inscrire comme une étape importante dans mon cœur, pour ne pas oublier toutes les émotions qu'il m'a fait vivre et les décisions qu'il m'a fait prendre.

Nino me tourne autour, m'embrasse dans le cou, me chuchote des mots d'amour. Combien de temps la version gentille de mon amoureux durera-t-elle, cette fois ?

Rosa arrive avec son mari, les bras chargés de nourriture. Les parfums envahissent mes narines et me mettent l'eau à la bouche. Elle énumère les plats qu'elle a cuisinés. Alba traduit pour moi : mozzarella et charcuterie en entrée, puis pâtes au four, brocolis et saucisses grillées, aubergines *alla parmigiana*. Peut-on humainement avaler tout cela ?

Nous nous sommes occupés du dessert. Avec Alba, nous avons préparé un tiramisù, et Nino et Valentin ont acheté un assortiment de petits gâteaux typiques. Il y a à manger pour un régiment.

J'ai compris à quel point ces repas n'étaient pour les Italiens qu'une excuse pour se retrouver, pour se parler.

Je me sens chanceuse de participer à ce dîner ; je pourrais les écouter des heures, cette langue est magique, on l'aime même sans la comprendre. À l'instar de Nino, finalement.

Je découvre Ferdinando, et j'observe sa façon de regarder sa femme. L'admiration qui déborde de ses yeux, ses gestes d'affection, discrets mais nombreux. Comme si son amour ressentait le besoin de s'exprimer en dépit de sa pudeur.

Je pense que, si mon père ne nous avait pas quittés, il serait ce genre de mari pour ma mère, et qu'ils auraient été heureux longtemps.

Un jour, Maman m'a dit : « Rien ne ressemble à l'amour ressenti pour le père de tes enfants. Notamment parce que tu ne retrouves jamais ce *tout.* » Et je crois qu'Alba le sait aussi. Que c'est pour ce motif qu'elle lutte, afin de préserver ce *tout.*

D'ailleurs, il est possible que j'en sois consciente également. Et, pour cette raison, je n'ai pas envie de créer un *tout* avec un homme qui, j'en suis certaine, finira par s'en aller.

## 65
## ALBA

L'eau est fraîche, elle m'enveloppe, j'immerge ma tête, je m'imprègne des bruits étouffés par la mer et la nuit.

Nino s'amuse à me couler. Valentin est content de lui : il a apporté des serviettes. Gabrielle sourit de nouveau, l'air soulagé. Cette nuit, nous sommes juste quatre gamins qui jouent dans l'eau, sans passé, sans futur. On ne pense ni à hier ni à demain. Seulement à profiter.

Nous remontons à pied, à moitié trempés, un peu frissonnants.

Elles étaient intenses, ces vacances. Riches, perturbantes, émouvantes. L'aura de cette île est puissante. Je suis venue à Procida pour fuir ma réalité, mais j'avais oublié à quel point cet endroit m'oblige à la regarder en face.

J'ai eu tort de vouloir comparer une idylle d'été à un mariage. La première est un sprint, la seconde une course de fond. Avec des moments difficiles, des points de côté.

J'ignore si j'aurais été heureuse, avec Giovanni, sur le long terme. Et je ne le saurai jamais. En revanche, je suis certaine que Valentin est un parfait binôme. Et que j'ai encore envie de courir à ses côtés.

J'éteins les lumières du jardin avant de rejoindre mon mari au lit. Nous nous offrons une dernière nuit d'amour, ici, avant de partir.

Alors que le sommeil m'emporte, je sens qu'il aimerait ajouter quelque chose. Je ne veux pas gâcher ce moment. Je refuse d'entendre ce qui, je le sais, pourrait faire basculer l'équilibre fragile que nous venons à peine de retrouver.

« Ne dis rien, s'il te plaît. *Se cade il mondo, allora ci spostiamo, se cade il mondo, sarà perchè ti amo*[1]. »

---

1. « Si le monde s'écroule, on n'aura qu'à se pousser. Si le monde s'écroule, c'est sans doute parce que je t'aime. »

## 66
## GABRIELLE

Ma valise est trop lourde, et l'hôtesse d'accueil pas aussi sympa qu'à l'aller. Je paie l'excédent – c'est mérité, elle porte le poids de ma culpabilité.

« Tu avais vraiment besoin de trimballer tout ça, putain ?

— Non. Je suis stupide, tu le sais bien. »

Nino a l'air étonné par ma réponse ; il n'a pas l'habitude que je sois sarcastique.

« Qu'est-ce qui t'arrive ?

— Tu veux savoir ce qui m'arrive ? Il m'arrive que je vais mettre fin à cette grossesse, Nino. Je suis désolée. D'accord, tu désires cet enfant, mais moi, je n'en veux pas. Et je parviens à te le dire sans avoir l'impression d'être un monstre. J'ai souvent tout fait de travers, tu me l'as assez répété. Et être mère, ça, j'ai envie de le faire bien. Alors j'aimerais attendre encore un peu. »

Il ne me répond pas, il n'en a pas besoin, je vois sa haine.

Et je sais que c'est terminé.

Nous embarquons.

Derrière nous, nous laissons le soleil, l'été, quelque chose qui a ressemblé au paradis. Devant nous : la pluie, et le retour à la réalité. Quelques heures de vol nous suspendent entre ces deux pôles.

J'observe le haut des visages autour de moi. Peu semblent heureux de parcourir le chemin dans ce sens. La femme à ma gauche a fait le plein de bonnes choses – on dirait qu'elle a acheté *toute* la mozzarella de Naples pour l'apporter chez elle. L'hôtesse est la seule qui paraît sourire sous son masque. Elle tente de faire passer la pilule de la fin des vacances.

Je regarde par-dessus l'épaule de Nino, en espérant apercevoir un bout du paysage. Mais il prend toute la place devant le hublot. Comme dans notre relation.

Je ne le quitterai pas, je ne quitte toujours pas.

J'assiste aux derniers instants de notre amour. Je tends l'oreille pour ne pas rater le dernier souffle. Je l'accompagne, je ne laisse pas tomber, je reste à ses côtés jusqu'au moment où Nino aura décidé pour nous deux.

Mais je ne suis pas triste, je décide même d'être heureuse. Pleinement.

Nous atterrissons.

Nino récupère sa valise et part regagner la voiture, pendant que je continue d'attendre la mienne.

Lorsqu'elle arrive enfin, un jeune homme à mes côtés propose de m'aider à la soulever du tapis. J'accepte, ses yeux me sourient. J'espère que sa bouche aussi.

Il est beau. Grand, blond, bronzé.

« Voilà ! me dit-il en me la rendant, alors que nos deux mains s'effleurent. Elle doit être plus lourde que vous !

Vous voulez un coup de main jusqu'à la sortie de l'aéroport ? »

De l'amour, j'ai toujours trop attendu.

Mais je ne retiens pas la leçon. Car, à chaque chute, il m'envoie quelqu'un pour me relever à nouveau.

## 67
## ALBA

Je referme la porte de la maison.

Rosa me serre dans ses bras.

« À chacun de tes départs mon cœur se déchire. Mais, cette fois, c'est pire. Ta fille va me manquer encore plus que toi.

— Tu vas nous manquer à nous aussi, ma Rosa. Promets-moi de prendre soin de toi !

— Je ferai de mon mieux, promis. »

Valentin charge les dernières affaires à l'arrière du taxi, et, avec Emma dans les bras, je dis au revoir à mon petit paradis sur Terre.

Juste avant de monter dans le *traghetto*, je m'engouffre dans une boutique de souvenirs.

« Qu'est-ce que tu as oublié d'acheter ? me demande mon mari.

— Un carnet.

— Un carnet ?

— Oui. »

Un carnet pour noter les bons moments, et pour les relire lorsque j'aurai besoin de m'en souvenir.

Un carnet pour moi. Et puis pour notre fille, aussi.

Car je ne suis pas certaine de ce que nous réserve l'avenir, mais je suis sûre qu'Emma est née de l'amour. Et si un jour elle se prenait à douter, elle pourra découvrir dans ces pages tous les moments qui ont forgé l'histoire merveilleuse que son père et sa mère ont vécue.

Une fois sur l'embarcation, Valentin installe nos valises dans l'emplacement qui leur est réservé.

Certains sont moins précautionneux et placent les leurs n'importe comment. Ils ne savent pas que la moindre vague enverra leur linge sale et leurs souvenirs d'été valser de l'autre côté du bateau.

Je m'assieds près du hublot, comme toujours, pour profiter de Procida jusqu'au dernier instant. Mon amoureux me rejoint, caresse la tête de notre fille qui dort déjà, calée tout contre moi, puis m'enlace. Les masques font barrage aux virus, mais pas aux débordements d'amour. Avec Emma contre mon cœur et mon mari à mes côtés, je murmure un « *Ciao Bella !* » à mon île préférée.

Sur la terre ferme, les touristes encore présents observent les nostalgiques rentrer chez eux.

J'aperçois, en retrait, une silhouette familière. Celle que j'ai si longtemps cherchée.

Giovanni me fait un signe de la main. Dans l'autre, il tient un petit paquet.

Il l'ouvre, sourit, et croque à pleines dents dans mon *panino alla mortadella.*

De l'amour, je n'ai jamais rien attendu.

Et pourtant, il continue de me surprendre.

# Remerciements

Rosa a raison : c'est important de graver les jolis souvenirs. L'écriture de ce roman a été intense, et parfois difficile, mais j'ai décidé de ne retenir que les belles choses, et de remercier toutes celles et tous ceux qui m'ont permis de les vivre.

Il y a eu le voyage à Procida et à Ischia avec Sabrina, les rodéos en bus, les centaines d'escaliers à monter sous le soleil brûlant, et les pâtes à savourer face à la mer. Merci d'avoir partagé ce moment avec moi, et de m'aider à ne pas me perdre ni dans ces rues insulaires ni dans la vie.

Il y a eu ces fois innombrables où Steph m'a remis les idées en place avec toute la tendresse qui la caractérise : « Écris, ou je te jure que je t'en mets une », m'a-t-elle répété en boucle. Ce roman, je l'ai fini uniquement parce que j'ai peur de toi ! Et parce que je t'aime, aussi.

Il y a eu tout ce que je ne peux confier qu'à Virginie Grimaldi, parce que j'ai parfois l'impression qu'elle est la seule personne sur cette Terre qui puisse comprendre l'étrange fonctionnement de mon cerveau, et à ne pas me juger.

Il y a eu les retours de lecture de Sophie Henrionnet et de Cynthia Kafka, qui en quelques mots ont réussi à remonter ma jauge de confiance. Je suis riche de vous trois, mes Bertitis.

Il y a eu ce matin de septembre, à Nancy, quand, en chantant *Sarà perché ti amo* devant le miroir, j'ai dit à Benoit André : « Hey, ça pourrait être mon titre, ça, non ? », et qu'il m'a répondu « Mais carrément ! », et ce sentiment d'avoir trouvé l'écrin parfait pour mon histoire.

Merci de danser à mes côtés, Honey.

Il y a eu l'Euro et mes camarades de souffrance du groupe WhatsApp des supporters de la Squadra, sans qui la compétition et la victoire n'auraient jamais eu la même saveur. Floriana, Paolo, Thomas, France, Enzo, Loreleï, Sabrina, Micka : *grazie campioni.*

Il y a eu les séances de sport avec Willy, pour me vider la tête et pour apprendre à mieux encaisser les émotions.

Pardon pour les gros mots, tu sais que je ne te déteste pas vraiment, au fond !

Il y a eu toutes les fois où j'ai ressenti le besoin de m'isoler dans ma bulle, celle dans laquelle personne ne peut entrer, et autant de fois où mon mari a respecté cette nécessité, en m'attendant patiemment à l'extérieur (avec souvent un bon petit plat à déguster).

Parfois, je ne sais pas comment tu parviens à continuer à m'aimer, alors que moi, j'ai tout un tas de raisons d'être amoureuse de toi.

Il y a eu les « Alors, combien de chapitres aujourd'hui, Maman ? » « Tu as fini ? Je suis fier de toi ».

Mes enfants, aucun amour n'égalera jamais celui que je vous porte.

Il y a eu mes éditrices, précieuses. L'appel de Noëlle Meimaroglou après sa première lecture, la joie et l'excitation dans sa voix qui m'ont collé le sourire pendant des jours. Puis les mots de Delphine Roché, sa douceur, toujours, et sa bienveillance.

Il y a eu les encouragements de toute l'équipe de Robert Laffont, grâce à qui je me sens si bien entourée, et l'accueil au Livre de poche. Merci à vous tous.

Il y a eu les rencontres, les retrouvailles pendant les salons et les dédicaces, avec vous, lectrices, lecteurs, libraires, blogueuses et blogueurs. Vos sourires, vos mots, vos histoires. Mon carburant.

Il y a eu les chansons d'amour italiennes. J'en ai écouté des litres, des kilomètres. J'ai eu l'impression de vivre toutes les histoires d'amour, toutes les rencontres, toutes les ruptures, tous les chagrins et toutes les passions.

Merci à l'Italie pour ça, pour l'inspiration infinie et pour l'ensemble de son œuvre.

Il y a eu toutes les fois où je t'ai demandé de me donner un peu de force, *Nonna*, et autant de fois où tu ne m'as pas laissée tomber. *Spero che tu sia orgogliosa di me.*

Et puis, il y a eu les clins d'œil du destin, aussi.

Parce que je suis persuadée que rien n'arrive jamais par hasard.

Alors merci à toutes celles et à tous ceux qui m'ont amenée jusqu'au mot « fin » de mon quatrième roman. Je me sens particulièrement chanceuse de vous avoir à mes côtés, et je collectionne précieusement ces moments pour en faire de jolis bouquets de souvenirs.

## ♪ La playlist des chansons d'amour italiennes ♪

« L'emozione non ha voce » – Adriano Celentano
« Questo piccolo grande amore » – Claudio Baglioni
« La donna cannone » – Francesco De Gregori
« Minuetto » – Mia Martini
« Un'avventura » – Lucio Battisti
« Di sole e d'azzurro » – Giorgia
« Non amarmi » – Francesca Alotta, Aleandro Baldi
« Come mai » – 883
« A te » – Jovanotti
« Il regalo più grande » – Tiziano Ferro
« Caruso » – Lucio Dalla
« Amore bello » – Claudio Baglioni
« Il cielo in una stanza » – Mina
« Margherita » – Riccardo Cocciante
« Il bacio di Klimt » – Emanuele Aloia
« Almeno tu nell'universo » – Mina
« Ancora » – Eduardo De Crescenzo
« Ricordati di me » – Antonello Venditti
« T'innamorerai » – Marco Masini
« Iris » – Biagio Antonacci
« Amici mai » – Antonello Venditti

« Luna » – Gianni Togni
« Torna a casa » – Måneskin
« È sempre bello » – Coez
« I tuoi particolari » – Ultimo
« Stu cor t'apparten » – Rocco Hunt
« Abbracciame » – Andrea Sannino
« La bambola » – Patty Pravo
« La canzone del sole » – Lucio Battisti
« La canzone dell'amore perduto » – Fabrizio De Andrè
« Finalmente tu » – 883
« Vorrei » – Lùnapop
« Questa nostra stupida canzone d'amore » – Thegiornalisti
« Ragazza magica » – Jovanotti
« Ti sposerò » – Jovanotti
« Baciami ancora » – Jovanotti
« Fuoco nel fuoco » – Eros Ramazzotti
« Albachiara » – Vasco Rossi
« Perdere l'amore » – Massimo Ranieri
« Quello che le donne non dicono » – Fiorella Mannoia
« Sei bellissima » – Loredana Bertè
« Ti amo » – Umberto Tozzi
« Ho messo via » – Ligabue
« Mentre tutto scorre » – Negramaro
« Vattene amore » – Mietta, Amedeo Minghi
« Maledetta primavera » – Loretta Goggi
« Non avere paura » – Tommaso Paradiso
« Meglio del cinema » – Fedez
« Come nelle canzoni » – Coez
« Soli » – Adriano Celentano
« Meraviglioso » – Domenico Modugno
« Vertigine » – Elodie
« Domenica » – Coez

« Più bella cosa » – Eros Ramazzotti
« Il mio canto libero » – Lucio Battisti
« Bellamore » – Francesco De Gregori
« Piccola stella » – Ultimo
« Non l'hai mica capito » – Vasco Rossi
« Pastello bianco » – Pinguini Tattici Nucleari
« Sarà perché ti amo » – I ricchi e poveri

Composition et mise en pages
Nord Compo à Villeneuve-d'Ascq

FSC
www.fsc.org
MIXTE
Papier issu de sources responsables
FSC® C003309

L'éditeur de cet ouvrage s'engage dans une démarche de certification FSC® qui contribue à la préservation des forêts pour les générations futures.

Pour en savoir plus :
www.editis.com/engagement-rse/

Cet ouvrage a été achevé d'imprimer en février 2022
sur les presses de Normandie Roto Impression s.a.s.
61250 Lonrai (Orne)
N° dédition : 63542/01 - N° d'impression : 2200223

*Imprimé en France*